小学館文庫

増補版

九十歳。何がめでたい

佐藤愛子

小学館

もくじ

こみ上げる憤怒の孤独　8
来るか？　日本人総アホ時代　15
老いの夢　24
人生相談回答者失格　32
二つの誕生日　40
ソバプンの話　48
我ながら不気味な話　56
過ぎたるは及ばざるが如し　64
子供のキモチは　71

心配性の述懐　79
妄想作家　88
蜂のキモチ　97
お地蔵さんの申子　105
一億論評時代　113
グチャグチャ飯　121
覚悟のし方　130
懐かしいいたずら電話　139
思い出のドロボー　147
思い出のドロボー（承前）　155

悔恨の記 163
懐旧の春 172
平和の落し穴 180
老残の悪夢 189
いちいちうるせえ 198
答は見つからない 206
テレビの魔力 215
私なりの苦労 223
私の今日この頃 231
おしまいの言葉 237

単行本未収録集

『晩鐘』インタビュー「作家としての私はこれで幕が下りた」 246
エッセイ 大声という病 256
旭日小綬章受章記者会見「こんなことでよろしいのかしら」 266
対談 佐藤愛子×冨士眞奈美「何てめでたい ひとりの日々」 281
解説『九十歳。何がめでたい』刊行に寄せて／瀬戸内寂聴 300

佐藤愛子（さとう・あいこ）
一九二三（大正十二）年生まれ。甲南高等女学校卒業。六九年『戦いすんで日が暮れて』で直木賞、七九年『幸福の絵』で女流文学賞、二〇〇〇年『血脈』の完成により菊池寛賞、一五年『晩鐘』で紫式部文学賞を受賞。一七年春に旭日小綬章を受章。エッセイの名手としても知られ一六年に刊行した本書単行本は一七年の年間ベストセラー総合第一位になった。近著に『孫と私のケッタイな年賀状』『気がつけば、終着駅』など。二一年八月『九十八歳。戦いやまず日は暮れず』を刊行。断筆宣言をした。

九十歳。何がめでたい

こみ上げる憤怒の孤独

「長生きするって、たいへんなのねえ……」

私の娘はこの頃、しみじみ、つくづくという感じでいう。私の日々のありよう、次々に起る故障を見ていうのである。

娘は昭和三十五年の三月生れだが、今年何歳になるのか、五十を幾つか越えていることくらいはわかっているが、正確な年齢はわからない。数えるのも面倒だ。自分の年でさえ九十一なのか二なのかわからないのだから、人の年なんてわかりっこない。年なんてもはやたいした問題ではない、と思うようになっている。

昔の年の数え方はシンプルでよかった。正月が来れば、一つ、年を加えさえすればいいというその大雑把《おおざっぱ》な数え方が気に入っていた。例えば十二月二十日生れの赤ちゃんは、十二日後のお正月には二歳である。今は十二月二十日生れの赤ちゃんの元日の年齢は「生後十二日」といわねばならない。正月二日には「生後十三日」三日になると「生後十四日」……。すべてに大雑把な昭和を生きた者には、面倒《めんど》くさいことこの上ない。

「佐藤さん、お幾つになられました?」

と訊《き》かれて答えようとすると、

「えーと……九十歳と五か月……? いや六か月かしら……つまり十一月生れだから、十一、十二、一、二、三……ところで今は何月?」

とボケかけている脳ミソを絞らなければならない。これからお嫁に行くとか、子供を産む人には年は大切かもしれないが、今となっては九十一でも二でも三でも、どうだっていいよ！　と妙なところでヤケクソ気味になるのである。

なぜか私は声が大きい。その上よくしゃべる。そのため他人は私を元気なばあさんだと思いこむ。九十を過ぎて何が困るといって、これが一番困るのだ。仕事（つまり原稿とか講演、インタビューなど）を依頼されても、もうそんな余力はない。散々、働いてきたのだ、身体の方々にガタがきているんです、というのだが、なかなか信じてもらえない。

というのも声が大きいためであることに気がついて、なるべく弱々しく応答することにしたのだが、それでもしつこくいい募る人がいて、あいえばこう、こういえばああ、と攻防戦をくりひろげるうちに、だんだん地声が出てきて、ついには凜々《りんりん》たる大声になり、

「お元気じゃないですか！　普通の方より声に力があります」

いわれてあっと気がつく。慌てて小声にしても時すでに遅し。

「声の大きいのが、これが病気でして」

そう繕《つくろ》っても信じてもらえないのである。


正直なところ、現在の私は一年前、いや半年前、三か月前と較《くら》べて、めっきり弱っている。私の家から地下鉄の駅まで約十五分、タッタッタッと歩いていたのが、気がつくと半分もいかないうちに脚がどよーンと重くなり、かつてのピョンピョン兎がノロノロ亀さんになっている。足が上っていないものだから、やたらにつまずく。つまずいても立て直しが利かず、思いもよらぬ方向にヨロヨロヨロヨロとつんのめって止らない。後ろから来ていた自転車のおばちゃんから、聞えよがしの舌打ちを浴《あび》せられるという情けなさ。

――昔の自転車はチリンチリンとベルを鳴らしたものだけどねえ、とひとりでぼやく。あの頃はチリンチリンが鳴らなくても、自転車が近づいてくると、ガタン、ガタン、ガタ、ガタ、とか、シューシューというような古タイヤの音、ギーコ、ギーコ、キイ、と、どこやらが傷んでいるらしい音などが聞えてきて、ふり返らずとも自然に身体が脇へ寄ったものだった。

それが今はまるで忍びの兇賊《きょうぞく》か、はたまた幽霊かという趣でスーと横に現れる。

「危いじゃないですか」といおうとしたら、その前に「危いじゃないのっ！」と怒鳴られる。

そんな愚痴を聞いてもらおうと一所懸命説明するのだが、若い人たち

(私にとっては六十歳も七十歳も若い人) は同情するどころか、

「自転車の性能がいいからね」

「道路がいいからね」

「舗装の技術が進歩したのよね」

「この数年の文明の進歩の目ざましさは感動的よね」

ナニが文明の進歩だ、ナニが感動的だ! こみ上げる憤怒のやり場がなく、私はしみじみとガタガタ自転車を懐かしむ。でこぼこ道、雨が降るとグチャグチャにぬかるんだ昔の道を夢に見る。

「九十といえば卒寿というんですか。まあ! (感きわまった感嘆詞) おめでとうございます。白寿を目ざしてどうか頑張って下さいませ」

満面の笑みと共にそんな挨拶をされると、

「はあ……有難《ありがと》うございます……」

これも浮世の義理、と思ってそう答えはするけれど内心は、

「卒寿？　ナニがめでてえ！」

と思っている。

来るか？　日本人総アホ時代

『マイナンバー』スマホで利用
将来　行政手続き可能に」

二月二十七日の讀賣《よみうり》新聞でそんな見出しが目に止った。

「政府は、国民一人ひとりに12桁の番号を割り振る共通番号（マイナンバー）制度で、スマートフォンを活用できるようにする方針を固めた。2016年1月から交付が始まる予定の個人番号カードを、スマホにかざして情報を読み取れるようにする。カードがなくても、専用のホームページにスマホだけで接続できるようになる」

とある。何をいっているんだか、さっぱりわからない。だいたい「スマホ」というものがわからない。いつだったか氷雨《ひさめ》の降る日に無線タクシーに電話をかけたが、混雑しているとみえて三十分近くかけつづけたがつながらなかった。その後、たまたま乗ったタクシーの運転手氏にそのことを愚痴ったら、彼は一枚のカードをさし出していった。

「このナンバーをスマホで打てば、直接我々に届きますから、早いです」

「スマホ？」

私はいった。

「スマホって何なんですか？　そういうものは持ったことも見たこともないので、そういわれてもねえ……わからないわ」

するとと運転手はいった。

「いや、実はわしもわからんのです。ただ、お客さんに渡せばいいといわれただけで……」

見ると運ちゃんの短かく刈った頭髪には白いものが混っていて、年輩者であることがわかった。私はほっとし、思わず声が弾んだ。

「いやあ、ホント、便利なのか不便なのか、わけのわからない世の中になりましたねえ」

そこから話が弾んだ。

「ところでスマホとケイタイはどう違うんですか？　電車の中で若い人たちが眺めているのは、あれがケイタイですか？　スマホですか？」

「何なんでしょうなあ。もう何が何やらわからんです。そりゃ何だと訊《き》くとバカにされるし、パソコンとか、アイホーンとか……小学生の孫がいるんですがね、そいつが生意気にもいろいろ知ってやがって、やれガラケーが人気なんだよとか、何のことかわけのわからんことをえらそうにいいやがって、こっちは返事が出来ないものだから、じいちゃん、そんなことも知らなくてよく生きてこられたね、なんていいやがるんです」

「スマホを一台持ってると電話にカメラに計算機とか時計の役目までこなすんだって？」

「それに時刻表とか天気予報、懐中電灯、それにびっくりしたなあ、ビデオだったかな、てめえが発明したわけでもないのに、えばりやがって……てめえの頭と身体を使って生きてみろっていってやるんですがね」

「そんなものが行き渡ると、人間はみなバカになるわ。調べたり考えたり記憶したり、努力をしなくてもすぐ答が出てくるんだもの」

「まったく日本人総アホの時代がくるね！」

「こういう正論をいっても耳に入らないんだからねえ。却《かえ》って軽蔑されるだけなのね」

「それでいて敬老の日だなんていうとね。その日だけとってつけたように饅頭《まんじゅう》かなんか買ってきて、おじいちゃん、そば饅頭が好きだから買ってきたのってね。そういいながら断りもなしにまっ先に食っちまうんだからね」

話は尽《つ》きず、降りる場所が来ているのに降りずにもっと話をしていたいのであった。

年寄りが敬意を払われなくなったのは、この急速な「文明の進歩」のためだ。私はそう思っている。

折しも東海道新幹線の「のぞみ」の時速が十五キロアップで、東京新大阪間を二時間二十二分で走るようになった、とテレビが伝えている。

ブレーキの性能を上げ、「三分」アップしたということである。

三分アップ？

それがナニや、と私は思う。新幹線開通以来五十年、事故は一度も起きていない。それは何よりおめでたいことだ。たいしたものだ。バンザイバンザイと共に寿《ことほ》ぎたくなるが、三分早くなったのが何がめでたい。何でそう急ぐ。飛行機にお客を取られないために、スピードを上げることに熱中しているんです、と解釈してくれた人がいたが、もしそれが本当なら浅はかとしかいいようがない。

進歩というものは、「人間の暮しの向上」、ひいては「人間性の向上」のために必要なものであるべきだと私は考える。我々の生活はもう十分に向上した。私は九十年生きてきているから、これだけははっきりいえるのだが、この九十年の間には国の浮沈にかかわる国難がありはしたものの、それをバネに私たちの生活は日に日に豊かになり便利になり知的になった。そうして「もっと便利に」「もっと快適に」もっともっともっと欲望は膨張していく。

昔話のおばあさんは川で洗濯をしていた。私などの子供の頃は井戸から釣瓶《つるべ》でタライに水を汲《く》み上げて、洗濯物を洗濯板の上でこすっていた。それから井戸にポンプをつけて、ギーコギーコとポンプを押せばザアザアと景気よく水が出る仕組みが考え出され、ほんとに楽になったねえ、有難《ありがた》いねえ、と女たちは喜んだものである。

そうしてやがて「水道」が設置されるようになって、蛇口をひねりさえすればいつでも水には不自由しなくなった。はじめは二階では使えなかった水が、間もなく二階、三階はおろか二十階、三十階、どこでも平気で出る。それが当り前のことで、萬《まん》が一、何かの事故で出ないことがあると、水道局には文句の電話が鳴り響く。

「これじゃ生活出来ないじゃないの！　どうしてくれるのよ！」

と喚《わめ》く人がいるそうで、そういう人に、

「昔を思いなさい。桃太郎のおばあさんは川で洗濯してたんですよ！

それからギーコギーコとポンプを押して……」

などといっても、バカ！　うるさい！　の一言で片づけられるだろう。

「文明の進歩」は我々の暮しを豊かにしたかもしれないが、それと引き替えにかつて我々の中にあった謙虚さや感謝や我慢などの精神力を磨滅《まめつ》させて行く。

もっと便利に、もっと早く、もっと長く、もっときれいに、もっとおいしいものを、もっともっともっと……。

もう「進歩」はこのへんでいい。更に文明を進歩させる必要はない。

進歩が必要だとしたら、それは人間の精神力である。私はそう思う。

老いの夢

いつ頃からのことか思い出せないが、私がテレビを見ていると娘がやって来て、苦々《にがにが》しい顔でいうようになった。

「なんでこんな大音量にするの！」

普通の音量でも聞えないということはないのだが、何となくしっくりこない。じっくり、落ち着いた気持で聞こうとすると音量を大きくしたくなるのだった。

思えばあれが始まりだった。

そのうちテレビの若い女性のおしゃべりが聞き取りにくくなってきた。何をいっているのか身を乗り出して一心に集中しないとさっぱりわからない。小鳥の囀《さえず》りか小川のせせらぎのように耳を通り過ぎて行く。

これは、若い女性のタレントがアナウンサーのように発声、滑舌《かつぜつ》の修練を積んでいないためだろう、と思った。ＮＨＫにはこういう囀り派はいない。舞台を踏んだ女優さんにもいないのは、それなりの修練を積んでいるからだろう。当節は玄人よりも素人がもてはやされ、努力や能力よりも器量とか、オッパイとか、バカなことを平気でいう度胸とかに重きが置かれるようになっている。

「そもそもテレビの使命は『伝達』にある。その基本を無視する制作者が怪《け》しからん」などと一人演説を始めるが、勿論《もちろん》、誰も聞いていやしない。

そのうち、男性タレントや若手俳優でも台詞《せりふ》が聞き取れないことが増えてきた。

「声が腹から出ていないからこういうことになる。男ならもっとハキハキしろ！」

と毒づいたりしているうちに、気がついた。これはどうやら私の耳に問題があるのではないか？

そう思うようになってお医者さんへ行くとあっさりいわれた。

「二十代の人の半分しか聞えていませんな」

「聞えない」ということでまず困るのは、他人には（見た目には）それがわからないということだ。目の悪いのは人の目にもすぐにわかる。足が不自由なのもわかる。鼻が詰るのもわかる。

耳の場合は何回も聞き返すことや、呼びかけても知らん顔をしていることでやっとわかってもらえる、という手間のかかるもので、そうかといって当人にしてみれば、あまりにくり返し「え？　え？」と聞き返すのは面倒《めんど》くさくもあるし、気がひける。かといって、「わたくし、耳が聞えませんので、よろしくご承知下さいますよう」

などと挨拶するのも仰々しい。

仕方なくわかったふりをして頷《うなず》いたり、笑ったり（相手が笑い顔になるのを見て）、神妙な顔を作ったりするのだが、相手が質問をしているのに、にこにこして頷くだけで何もいわないですましている、といったことも多分あるだろうと反省するが、だからといってどうにもならないのである。

聞えなくなった耳はもう戻らない。それは病気ではなく「老化」だからだ。

階段を降りている時、突然右膝から力が抜けてヘナヘナとくずれ落ちたことがある。それも不注意ゆえではなく「老化」ですとお医者さんにいわれた。

「気をつけて下さいよ」

といわれるが、何の予兆もなく勝手に力が抜けるのだから気のつけようがない。

背中のあちこちにむやみに痒《かゆ》いところが増えて、掻《か》くにも手が届かず、それもベッドに入って身体があたたまってくると痒くなるものだから、二階の娘を起してまで掻いてもらうのも面倒で、「孫の手」を片手に枕につくというありさま。それも「老人性湿疹」だそうだ。老人性ということは根治しないということである。

つまり医師や薬に頼っても無駄だということだ。重ねて来た歳月は二度と戻らないように、歳月と共に傷んだ肉体ももはや戻りはしないのだ。

そう思いながら私はお医者さんの待合室に坐《すわ》っている。一つの苦痛をなだめれば次が来る。一度なだめた苦痛が再びムックリ頭を擡《もた》げたりする。お医者さんはもはや、

「老化ですな」

とはいわない。いわなくてももうわかってるだろ、という心境なのだろう。それを察してこっちから（半分はヤケクソで）、

「老化ですね、だから治らないんですね」

というと、

「アハハハ」

とお医者さんは笑う。私も笑う。

「あなたはいつも気持が明るい人だからいいですな」

「アハハハ」

とまた私は笑う。この笑いに籠《こも》るいうにいえぬ悲哀を誰が知る。

今は死への序曲なのである。

若者は夢と未来に向って前進する。

老人の前進は死に向う。

同い年の友達との無駄話の中で、我々の夢は何だろうということになった。

「私の夢はね、ポックリ死ぬこと」

と友人はいった。

ポックリ死が夢？

なるほどね、といってから、けれど、と私はいった。

「あんたは高血圧の薬とか血をサラサラにする薬とかコレステロールを下げる薬とか、いっぱい飲んでるけど、それとポックリ死とは矛盾するんじゃないの？」

するとと憤然として彼女はいった。

「あんた、悪い癖よ。いつもそうやってわたしの夢を潰す……」

彼女にとってポックリ死はあくまで「夢」なのだった。そうか、そうだった。「夢」なのだ。彼女は十代の頃、アメリカの映画スター、クラーク・ゲーブルと熱い接吻《せっぷん》を交すのが「夢」だった。ポックリ死はいうならば「クラーク・ゲーブルとのキス」なのだ。現実には摑《つか》めないことをわかっていての「夢」である。

「ごめん」と私は素直に謝った。私たちの「夢」はとうとうここまで来てしまったのだ、と思いつつ。

人生相談回答者失格

三月二十一日の産経新聞の「人生相談」でこんな相談を讀《よ》んだ。

「田舎の近所付き合いが憂鬱《ゆううつ》」

という見出しだ。相談者は五十代の女性で、かいつまんでいうと、彼女は田舎暮し。近所は高齢者ばかりで無神経に立ち入った質問をしてくる。今までいいたくない時は嘘をついてきたので、嘘つきだと思われているかもしれません、という。

「わが家の辺りでは、女性も元気なうちは働きます。会社では人間関係がうまくいっていなかったのですが、他に働き口もないので長年、家計のために我慢していたのです。嘘の上塗りになるのも嫌ですが、こんなことまで正直に他人に教えなければいけないでしょうか。私は嫌な人間ですか」

とある。

くり返し讀んだが、よく事情がわからない。家計のために会社勤めをしていたのか、いるのかがわからない。「嘘の上塗りになるのも嫌ですが」云々《うんぬん》というけれど、会社勤めをしていることがその辺では、「恥《はず》かしいこと」なのだろうか？　「嘘の上塗りになるのも嫌ですが」といっているけれど、なぜ嘘を（それもどんな嘘を）いってきたのか？　いくら讀んでもわからない。

字数に制限があるため、編集者が文章を無理やり縮めたのでこうなったのかもしれないが、これでは回答のしようがないではないかと思いながら回答を讀んだ。

「声をありがとうございます。『田舎の近所付き合いは憂鬱』ということですが、そういう一面もあるのかもしれませんね」

という丁寧な書き出しで穏やかに説く。

「現状は変えられないですし、人付き合いが苦手だとしてもどうしようもないので、気持ちが楽になるように、どこかに愚痴を言える場があるといいんですよね」

確かにそうだと私も思う。こういう場合は愚痴というより悪口を散々いえばいいのだ。いっていっていいまくって、疲れ果てるまでいい募るとガックリ来て、（つまり登山の時のように）気が鎮《しずま》る。私などそうして苦難の人生を生き抜いてきた。悪口をいいまくるなんて、はしたないなどと思う必要はない。これは楽しむための悪口ではなく、元気をとり戻すため、心の活性化に必要な悪口なのだから、よろしいのである。

と、簡単にいうけれど、あるいはこの人には悪口を聞いてくれる相手がいないのかもしれない。

回答者の橘ジュン女史はいっておられる。

「カルチャーセンターなどで女友達をつくるのも難しいかもしれませんが、気分転換のためにも、ご自身の趣味を生かして、その時間は没頭できるように、ちょっと離れた隣町あたりに出ていく機会をつくってはいかがですか？

地元だと気分転換になるどころか、知り合い同士のゴタゴタに巻き込まれたりして、余計に気がめいってしまいかねませんが、知らない人なら正直、気が楽です。ちょうどいい距離感で、付き合えると思います」

云々。

そして、「よくがんばってこられましたね。25年間、お疲れさまでした。これからは夫婦仲良く、そして一人の時間も楽しんでほしいなあと思います」と優しく犒《ねぎら》っておられる。

一読《いちどく》して私は「たいへんですねえ。こういう質問に答えるのは……」としみじみ橘女史をねぎらいたくなった。私などはこういう相談に対してはもう何もいえない。無理にいうとしたら、「困ったねエ……」くらいしか。

「私は嫌な人間ですか？」

相談者は最後にそう訊《き》いている。それに対してなら答えられる。

「嫌な人間ではありませんが、弱い人間です。あえてはっきりいうと気が小さいんです」

しかしこういう場合、すぐれた回答者はそんなあからさまないい方はせず、「あなたは優しいんです。優しすぎるんです」といって、相手の気持を傷つけない配慮をするだろう。だが私はこういう芸当が出来ないのだ。ズバリ、ハッキリ急所を突く。

「気が小さいからつまらん手合《てあい》のいうことが気になるんです。そんな奴にははっきりいった方がいいんです。『私、そんな話はしたくないの』とね」

しかし、それが出来ないから苦しんでるんじゃないですか、と相談者はいいたいでしょう。ハッキリいえないのならせめて、いやアな顔、困った顔をして口ごもってみせれば、そのうちだんだん相手はわかってきます。この人は立ち入った話はしたくない人なのだということが。人を理解しようとしないこういう無教養な手合は、あなたに対して親しみを持つのをやめます。好奇心を満足させてくれないあなたとは付き合う楽しみがないから。

あなたは親しめない変り者として方々で悪くいわれるようになるだろうけれど、そんな手合に気に入られてそれがナンボのもんじゃい、と考えるようにすればいいのです。

でもあなたは気が小さいからそれが出来ない。出来ないからイヤイヤながら嘘をついてごま化す。それがあなたを苦しめる……。

この循環を裁《た》ち切るには、覚悟の実行力が必要です。人はみな多かれ少かれ、自分の人生を自分なりに満足いくものに作るために目に見えぬ血を流しているのです。当りさわりのない人生なんて、たとえ平穏であったとしてもぬるま湯の中で飲む気の抜けたサイダーみたいなものです。

「佐藤さんのいうことはわかる。けれど私には出来ない」

多分、あなたはそう思うでしょう。そして「私ってダメな人間なんです」と付け加えて悲しむ。

駄目だと思うのなら、その駄目さを駄目でなくすればいい。それだけのことだ。いいたいことをいえばいい。いえなければノートに書くんです。ノートに向って思うさまいいたいことをぶちまける。そうすれば淀んでいるものは発散して軽くなります。

自分の弱さと戦う！

戦わないで嘆いているのは甘ったれだ！

――と、語るにつれて勝手にエキサイトしてきて、

「私にいえることはこれだけだ。あとは勝手にしろ、もう知らん！」

と投げ出す。相談者は怖くて慄《ふる》えるばかり……。

私はとうてい、相談ごとの回答者にはなれっこないのである。

二つの誕生日

私の誕生日は大正十二年十一月五日である。小学校入学以来、生年月日を記さなければならない場合には必ずそう書いてきた。赤ん坊には自分が生れた日が何日かはわからない。誰もが産んだ親のいうことを信じるだけである。

そうして十一月五日には誕生日のお赤飯を食べた。今のようにバースデーケーキに蠟燭《ろうそく》を立てて吹き消して、おかしくもないのに笑い声を上げたりする時代ではない。赤飯なんてべつに好きではないが、赤飯には「めでたい」という意味が含まれているらしいので、うまくはなくても神妙に食べたのである。

それだけのことだった。誕生日プレゼント？　そんなものはない。あったかも知れないが覚えていないところを見ると、そうたいしたものではなかったのだろう。そんなことで誕生日は特別に嬉しい日というわけではなかったが、それでも十一月五日に生れたということは私にとって厳然たる事実だったのだ。

ところがだ。それはいつ頃のことかはっきりしないが、ある頃から公共機関に出す書類に書いた生年月日が違っているといわれて訂正させられることが多くなった。相手のいう私の誕生の日は十一月二十五日だというのである。それを聞いて母は、

「産んだ私が十一月五日やというのやから、これくらい本当のことはない。役所のアンポンタンが何を馬鹿げたことをいう」

と怒ったので、私は相手方にその旨を伝えた。しかし相手は、

「それでも、戸籍には二十五日と記載されています」

と冷やかにいうばかりである。

「だって産んだ本人が五日といってるんです」

「しかし、出生届には二十五日となっています」

「いつからそうなってるんですか？」

と訊《き》くと、

「いつからって、出生した時からでしょ！」

お前はアホか？　といわんばかりの顔つきだった。その頃（今から五十年ほど前）の公務員というのは、總《そう》じて公の権威をかさにきて横柄だった。税務署（これが一番ひどい）、役場、国鉄駅員に至るまで、みな笑ったら損という顔をしていた。その仏頂面通り、ものいいも切口上《きりこうじょう》で「面倒《めんど》くさい」が顔に貼りついている（常々上役に威張られているものだから、その鬱憤を客で晴らしているのだという説もあった)。

私は出生日の訂正の相談に役所に行き、

「一旦、戸籍に記載されたことは訂正は出来ません!」

イッパツで退けられて仕方なく心を決めた。こんな奴を相手にしてもしょうがない。生年月日を書く場合「大正十二年十一月二十五日」と書くことにしたのだ。たまにそれを忘れて「五日」と書いてしまい、慌てて五の上に二十を書き入れ、

「何ですか、これ? 書き損じた? 自分の生年月日をですかァ?」

と怪しまれることも何度かあったが。

ところで今、私の手もとに「髙島祕傳《ひでん》開運之祕訣 十二支一代之運勢」という本がある。大正十四年に髙島易断所總本部から出された古い

本だ。十二支といえば俗にエトといい、あんたのエトは何？　寅です。やっぱりね、道理で強いわ。とか、あの人はああみえて執念深い、巳年だもの、などと私たちはよく座興の種にしてきたものである。だがこの本はもとより座興的なものではない。この十二支説は古代東洋の哲人が哲学的思索の果《はて》に創成したもので、人の生れた日によって、性質や運勢を占い、人生に何らかの指針を与える本である。

その本によると私のエト、「大正十二年生れの亥年」についてこう書かれている。

亥の年は極りよろしく　大望も貫くほどの強き気性ぞ
後前《あとさき》見ずの気早にて　人に憎まれ損もするなり

なるほど、と私は頷《うなず》き、「後前見ずの気早にて人に憎まれ損もするなり」は当っていると思う。人の性質、運勢は生れ年によってあらかたのことはわかるが、更に月日を見ればもっとよくわかる。私は十一月五日生れ、の項を見た。と、こうある。

「十一月五日の生れは現金を持つことが出来ない性《さが》で、人から貸してくれと頼まれるとどんなに自分が困っていても貸してしまう。それでいて自分が困った時に人に頼むということが出来ず、よくよく損な性分である」

うーむ、これも当らずといえども遠からずだ、と私は感心し、ふとそんなら十一月二十五日生れはどうだろうと知りたくなった。同じ亥年生れでも生れ年の十干《じっかん》の違いによって性格と運勢には違いがあるというからだ。

「常に希望、抱負に充満している人だが、計画ばかり考えて実践を忘れる欠点がある。この年生れの人は金銭的に困るということのない運を持ち貯蓄心も強いので金銭的には安定した生活を送ることが出来る」

要点を抜粋するとこういうことになる。やはり五日と二十五日とでは

これだけの違いがあるのだ。片方は「よくよく損な性分」で片方は「夢ばかり見て実行しない」くせに、「金には困らない」運があるらしい。

この差を見ただけで、十一月五日生れというのが正しいことが実証されるのである。

私のもとには讀者《どくしゃ》の女性からよくこんな手紙がくる。

「佐藤さんのように強く生きたいです。コツを教えて下さい」

コツ？　そんなものあるかい。私はこの髙島祕傳開運之祕訣の中で、こういって戒《いまし》められているのである。

亥年は勇猪、遊猪、疲猪、出猪、荒猪（暴れ猪）の五つに分れ、十一月五日生れの私は暴れ猪に相当する。それほど乱暴な性分で、「無茶苦

茶な行動や常識外れの発言は一種の狂気の如くお調子者の如く、人気もあれば憎まれもする。正直で曲ったことを嫌い嘘のない人である。が、短気強情短気で一度怒《ひとたびいかり》心頭に発せばいかなるものも恐れず突進する。短気を慎しみ親睦心を養えば人望を得て幸福に一代を過ごせる」とある。

「強く生きるコツ」とはこういうことなのですよ。まず『暴れ猪』になることが必要なのです。人に迷惑をかけ、呆《あき》れられたり怒らせたり憎まれたり、それにもめげずに突進する。強く生きるとは満身創痍《そうい》になることです。だから強く生きるなんてことは考えない方がいい。佐藤愛子を『人生の反面教師』として参考にするのなら、別ですが……。

私はそうお答えしたい。

ソバプンの話

　医療大学で学んでいる二十代女性が、同級生の男子学生があまりに不潔なのに困り果て、讀賣《よみうり》新聞の人生案内に相談を投稿しているのを讀《よ》んだ。

「彼は2週間以上も同じ服を着続けています。入浴もしていないようで、強烈な臭いを放っています。このため、教室ではみんな避けて座ります。（中略）その彼と、実習で同じ班になってしまいました。マスクをしても臭いは防げず、触診の課題では彼に触れなければなりません。頭や肩にはふけが大量についています。耐えられません。実際に体調が悪くなったこともあります」

彼女は思い余って学生課に相談したが何も解決されず、直接注意するのは怖くて出来ない。今後新たに実習班が組み直されることになったので、万一同じ班になったら一年間、一緒に行動しなければならないのだ。「そのことを考えると、不安で夜も眠れません。このままでは大学に通えなくなりそうです」

と相談は結ばれている。

讀み終えて私は思わず笑った。私が女学生時代、近くの男子校に通っていた今は亡き遠藤周作氏は「ソバプン」という渾名《あだな》だったことを思い出したからだ。そばに行くとプンと臭うので「ソバプン」である。私はそのことを周作さんの同級生だった人から聞いたのだが、周作さんに確かめると否定も肯定もせず、

「けどあいつも相当のソバプンやったで」

といった。ソバプンはそばにいる人にはわかるが、当人にはわからないものなのかもしれない。当時の中学生はみな丸刈りだったからフケはなかっただろうが、垢《あか》は相当積っていただろう。学生は軍事教練など厳しい屋外訓練に明け暮れていたから、汗と垢にまみれているのにお風呂にも入らず、顔はニキビの花盛り、石鹸を使うとニキビに悪いので顔は洗わず、もしかしたら歯も磨かなかったのではなかったか。だとすると、昔はみんなソバプンだったので、ソバプン同士、特別に問題はなかったのかもしれない。

それにしても、この相談者はなぜハッキリとこの大ソバプンに向って、いいたいことをいわないのだろう？　私にはそれが不思議だ。

「直接注意するのは、怖くてできません」

と彼女は書いている。

ソバプンの何が怖い！

マスクをしても臭いは防げず、実際に体調が悪くなったこともあるという。そんな状態まで落ち込んでいるのに、何もいえず学生課に相談したり新聞に投稿して回答を待つというような手の込んだことをするなんて、そういう人は「気弱」なんてものじゃない、私にいわせれば「怠け者」だ。

ふりかかった不幸災難は、自分の力でふり払うのが人生修行というものだ。ソバプンと闘うのも修行の一つである。したくないこと、出来そうもないと思うことでも、力をふり絞ってブチ当れば人間力というものが養われて行く。

私はそう考えるのだが、さて、回答者の山田昌弘先生は何といわれるのかと先を讀むと、こういわれている。

「学生が、平穏な環境で学ぶことを保障するのは、やはり、大学の責任です。（中略）担任の先生に、必ず複数の学生で相談に行くことをお勧めします。（中略）受忍限度を超えていて、このままでは学習意欲を損なう、本人のためにもならないと言って、担任の先生から強力に指導してもらうように、訴えて下さい。特に、医療系の大学ということですから、実習などで、学外の人々に迷惑をかける可能性があることを強調して下さい。大学としても、評判に関わることですから、なんらかの対応をしてくれるはずです」

これはエライ世の中になったものだ。

たかがソバプン一人で「大学の評判に関わる」とは！

「なんらかの対応」をせよという方はらくだが、それをしなければならない担任の先生はたいへんだ。

私なんぞの学生時代の先生は「先生」という権威を与えられていたから、強かった。

「オイッ！　お前、臭いぞ！　改めろ！」

の一言ですんだ。声に迫力があるから、言葉は短かくてもよかった。しかし平等時代の今の先生には権威なんぞカケラも与えられていないから、すべてに弱腰である。

「実はね、君は臭いといって皆が困っているんだ。教室は共同の場であるから、他の者の気持も考えなければならないんじゃないか？　君は風呂へは毎日入ってるの？　頭は洗ってるのかい？　歯は磨いてる？　歯磨き粉をつけてる？　自分で自分自身を臭いと思ったことは？……ある？……ない？……」

　といわでもの言葉をだらだらと連ねるが、ソバプンはおし黙ったまま。

「いやネ、ぼくだってなにも、生徒の臭いについてまでとやかくいいたくはないんだよ。常々人それぞれ自由を尊重するべきと考えているんだ。しかし、ぼくのところへ訴えてきた女子がいるものでね。一応、担任として君に訊《き》いているわけなんだが……単刀直入に聞くが、君に反省する点ってあると思うかね？……（ソバプン無言）困ったなァ……（ソバプン無言）困ったよゥ、うーん、どうすればいいか、君、考えてくれないか」

　ついに懇願する。

　このあたりは私の想像であるが、こうして書いているうちに、なんだか面白くなってきて、だんだんに興が乗り、その大ソバプンに会いたくなってきた。ソバプンとして他人を苦しめているのに、自分は何も感じず泰然としているなんて、もしかしたら大人物かもしれない。何十年か後にはこの国を背負う指導者となって、韓国の意地悪や中国の野心などに悠然と立ち向う頼もしい存在として、ソバプンの名を轟《とどろか》すかもしれない。

思えば遠藤ソバプンだって、世界に名を知られる大作家になったのだもの。

我ながら不気味な話

世田谷区の古い住宅地に住みついて、もう六十年になる。その頃からこのあたりは車の通らない静かな一劃《いっかく》だったが、時折子供が泣き声を上げながら通って行ったり、ピアノの練習曲の、同じ所のくり返しが塀際の植込みの向うから流れてきたり、冬の夜は、「焼きいもォ　焼きいもォ」の呼び声が聞える時があったり、ひと頃は拍子木の音と「火の用心！」の声が通って行くこともあった。そうした声やもの音は、平和な日常の彩りとしてなかなか好もしいものだった。

その頃私はくる日もくる日も深夜を過ぎても机に向って原稿を書くという生活をしていたが、周りが寝鎮《しずま》った夜更《よふけ》に遠く犬の吠え声が聞えてくると、懐かしいような、ほっとするような、しみじみと優しい気持になったものだった。

どこかで一匹が吠え出すと、それに呼応するように別の犬が吠え始める。するとそれに誘われてか、負けん気からかはよくわからないが、方々の犬が吠え出して、これはもしかしたら火でも出ているのではないか、怪しい者がうろついているのではないかと、寝ていた人も起き出してカラカラと雨戸を開ける音や人声などが聞えてきて静かな夜がいっ時、ざわめく。

「犬が吠えても叱ってはいけない。犬は犬なりに一所懸命に職分を果しているのだからね」

などと人々はいい、その頃は犬にも「職分」が与えられているのだった。よく吠える犬は「いい犬」で吠えない犬は「ダメ犬」としてバカにされた。犬の方もそれを承知してか、人の足音や気配に敏感に反応して、ここぞとばかりに吠え立てて空巣《あきす》を撃退したりした。ひとしきり吠えた後、

「どうです!?」

といわんばかりに誇らしげに飼主を見上げれば、

「よしよし、えらいえらい」

と飼主はその労を犒《ねぎら》った。犬の声がうるさいと怒る人などいなかった。

だがこの頃、犬のその職分はなくなった。吠える犬はうるさいと近所から文句が来るので、飼主から叱られる。犬は頭にリボンをつけて、吠えないように訓練されてチョロチョロしているのが「可愛い」といってもてはやされる。眞剣《しんけん》に職分を果したい犬の方は、励めば励むほどうる

さい、バカモンと邪慳《じゃけん》にされる。悲しく憤《いきどお》ろしい思いを抱えて、リボンのチョロチョロ犬を噛み殺してやりたいと思っている。しかし、もしかしたらチョロチョロ犬の方だって、思う存分、心ゆくまで吠え立てたい時があるだろう。それは犬の本能だから。

チョロチョロ犬の中にも本能に誘われて思わず吠え立てたりすることがあるだろうが、悲しいことにはその吠え声は、

「ウオーン、ワンッ、ワンッ、ウオーン」

というような響きのいい朗々たる声ではなく、

「キャーン、キャン、キャン」

とけたたましい金切《かなきり》声のようになってしまう。

「なんだ、その声は！　それでも犬か！　恥じろ！」

と職分犬は軽蔑するが、しかしチョロチョロ犬は飼主に抱かれて、

「あら、チョロちゃん、吠えたのネ、可愛い声で……」
と頬ずりしてもらっている。それは職分犬にとっては何とも胸クソ悪い光景にちがいない。私も同じ思いである。

犬の吠え声だけではない。子供が叫んだり泣いたり歌ったり、力いっぱい騒ぐ声も私は好きだ。そのあたりかまわぬ甲高い声には、未来に向って駆け上って行く勢《いきおい》がある。無垢《むく》なエネルギーが躍動しているではないか。幼稚園の近くを通っていると、そんな声が聞えて来て、私はいつか笑みがこぼれている。

だがその天使の合唱をうるさいといって怒る人がいるのだ。保育園の隣りに住んでいる老人が、うるさくて昼寝も出来ず病気になりそうだと文句をいいに行ったという話を聞いた。今朝の新聞には保育園が新設されるというので反対運動が起きたことが報じられている。

街を走る車はいつからかクラクションを鳴らさなくなっている。チリンチリンは自転車の代名詞だったが、今は忍者のように現れる。かつては小学校の下校時、校門を出て来る男の子たちは元気イッパイに走り出し、喧嘩をしたり喚《わめ》いたり泣いたり、女の子はペチャクチャおしゃべりしながら賑《にぎ》やかに帰ったものである。それが今は心配ごとでも抱えているかのように静かだ。シュクシュクと歩いている。

騒音は生活が平和で豊かで活気が満ちていてこそ生れる音である。戦争体験者である私は、空襲警報が鳴り響き、町は死んだように鎮り返った怖ろしい静寂を知っている。犬の吠え声もなかったのは、食糧欠乏のために犬を飼う人がいなくなったためだった。「赤犬は食えます」などという人がいたりして、犬もオチオチ吠えてはいられなかった。

町の音はいろいろ入り混っている方がいい。うるさいくらいの方がいい。それは我々の生活に活気がある証拠《しょうこ》だからだ。それに文句をいう人が増えてきているというのは、この国が衰弱に向う前兆のような気がする。

時々買物に行くスーパーマーケットは、いつも静かである。客は黙々と商品の間を歩き、黙々と品物を籠《かご》に入れる。そして黙々とカウンターに籠をさし出す。カウンターには「NO　レジ袋」と書いたカードが用意されていて、レジ袋が不用な客はそれを籠に入れておくという仕組みになっている。レジ係は籠を引き寄せ、黙々と計算機を操作して会計額を出し、「NO　レジ袋」が見当らない時は籠にレジ袋をほうりこむ。あくまでも「黙々と」である。客の方も黙々と金を支払い、籠の中身を

レジ袋に詰めて黙々と出て行く。なぜ、

「レジ袋はいりません」

と声に出してはいけないのだろう。

いったいそれは何に対して声を出すことを憚《はばか》っているのだろう？　何者がそう決めたのだろう。それを不思議とも思わず黙々と従っている人たちの不思議。しかしそう思いながら、同じように従っている私の不気味。

過ぎたるは及ばざるが如し

子供の頃から私は自宅以外の便所に入ることが出来なかった。昔の便所はとても「トイレ」などという清潔感のある言葉ではいえないような陰湿な場所で、床に穿《うが》たれた楕円形の穴を跨《また》いでしゃがんで用を足す。穴の遥か下に便壺《べんつぼ》が埋め込まれていて、そこには糞尿《ふんにょう》がいやらしくドロドロと溜《たま》っているのが見えた。

そのドロドロの中から毛むくじゃらの腕がヌウと出て来てお尻を撫でる、というような話を私は四つ年上の姉から聞かされて、キャアと叫んで本気で泣いた。夜など便所へ行くことが出来なくて、こっそり庭でおシッコをしたりしたものだ。

それからもう一つ、便所へ入れないわけがある。小学校へ上って間もなく、おそるおそる入った学校の便所で、戸が開かなくなったのだ。その頃の共同便所の戸の取手《とって》は丸い真鍮《しんちゅう》の玉だった。それを右や左にひねって開け閉めするのだが、なぜか壊れていることが多かった。閉めたつもりが閉まらなかったり、開けようとしたら開かない。ガチャガチャ廻《まわ》しているうちにひょこっと開いたりする。それが怖くて私はいつも戸をきちんと閉めずに一センチくらいの隙間を作って用を足していたのだが、その時は便所が満員で行列が出来ているほどだったので、仕方なくきちんと閉めた。

隙間を作らずに閉めたということだけで私はもう心臓がドキドキしている。ドキドキしながら用を足してさて戸を開けようとすると、取手の玉はガチャガチャいうばかりで開かない。何をしても開かない。私は逆

上してつい、

「助けてェ……」

と叫んだ。

「はる子ちゃん、開けてェ……」

はる子ちゃんというのは一緒に便所に来た同級生である。金切声《かなきり》で叫んだら、戸は嘘のようにスッと開いた。外からはる子ちゃんが開けてくれたのだ。

「なんや、開くやん」

とはる子ちゃんはいった。行列を作っている連中がゲラゲラ笑う中を私は恥辱にまみれて走り出たのである。後ろで、

「はる子ちゃーん、開けてェ……」

と私の口真似をする声が聞えていた。

その経験が私を便所嫌いにしたのだ。どんなことがあっても、うちの便所以外の便所にはゼッタイ、ゼッタイ入らない、と固く覚悟を決めた。その覚悟のために私の膀胱《ぼうこう》は大量の尿量に耐えられるように伸びて大きくなってしまったのだろうか。二、三時間はおろか五時間、六時間、排《はい》泄《せつ》せずに平気でいられるようになったのである。もうこの頃は、あんな開かなくなるような取手はなくなっているのだから大丈夫、といくらいわれても外では決して便所に行かない。新幹線や飛行機の便所がどんなふうになっているのか、いまだに一度も入ったことがないのでわからないのだ。

私がそんなふうに頑張っている間に、我が国の便所文化はどんどん進化して、跨がり式が腰かけ式になり、ドアのノブは自在に開閉出来る箇単なものになった。自宅以外の便所でも（いや、もう「便所」とはいわない。「トイレ」という）安心して使用出来るようになった。さすがの私も年老いたせいか長年の主義を変える必要に迫られ（膀胱がしなびてかつての活力を失ったか）ホテルやデパートなどでトイレを利用するようになったのである。

ある日のことだ。私は三越のトイレに入った。用をすませて、水を流そうとしたら、どこにもハンドルらしきものがない。ハンドルの代りの押しボタンでもあるかと探したがない。水洗式のはじめの頃は水槽が天井近くにあってそこから垂れている鎖を引っぱると水が出た。それを思い出しながら天井を見上げたがそれらしいものはない。天井式の後、水洗便所はハンドル式になり、足でペダルを踏むものからボタンを押すもの、手の絵があって手品式とでもいうか、そこに手をかざせば水が出るものなどと変遷し、この頃は立ち上ると勝手に水が出てくるという。あれかこれかと想いを廻《めぐ》らせるが、これと思えるものは何も見つからず、

——なんだってこうわけのわからんものを作るのだ！

怒りがこみ上げた。これが「文化の進歩」のつもりなのか。次から次から妙なものを考え出して独りでエツに入っているのはやめろ、使う方の身になってみよ、……怒りに駆られてこのままトイレを出てしまおうと思った。しかし、便座の奥に溜っている私のおシッコはどうする！

その時私の怒りに燃える目がドアの近くにぶら下っている紐を見つけた。瞬間頭に浮かんだのは例の、初期の天井式水洗だ。鎖を引けば水が出てくるアレだ。見たところ水槽はどこにもない。しかしそれは天井の内側に入っているのかもしれない。

私はエイと紐を引っぱった。

とたんに耳をつんざくベルの音。水が出るどころじゃない。うろうろする間もなくトイレのドアがノックされ、

「お客さま……お客さま……どうなさいました？……」

女店員の金切声。その紐は緊急時に助けを呼ぶ警報装置だったのだ。

以来、三越へ行くことはあってもトイレには入らない。だから三越の水洗の仕組みはどうなっているのか、いまだに知らない。

今、気がついたことだが、私が残したおシッコは、どうなった？

誰が流したのだろう？

子供のキモチは

今から十一年前、こういう出来事があった。

愛媛県今治市の小学校で、六年生の男子がサッカーボールを蹴っていたところ、ボールが校門の扉を越えて、丁度《ちょうど》オートバイで走って来た老人に当りそうになった。老人はそれをよけようとして転倒し、足を骨折し入院。それから一年四か月後に肺炎で死亡した。

すると老人の遺族は少年の両親に五千万円の賠償を求めて提訴した。少年の両親が監督義務を怠ったという理由である。それに対する判決は一審二審共に両親の監督責任を認め一審千五百万、二審千百八十万円の賠償を命じた。

何ともおかしな話である。少年は校庭でサッカーをしていた。道端や公園でしていたわけではない。サッカーは手を使わずボールを蹴るスポーツであるから、当然のことをしていたわけだ。それがなぜ親の「監督不行届き」になるのだろう？　親は子供が学校にいる間もその行動を監督しなければならないのか？　ボールを蹴る時は校門の外に出ないように、やさしく蹴るようにと教えなければいけないというのか？

老人は転倒して骨折したが、それが原因で死亡したのではない。亡くなったのはそれから一年以上も経ってからで、しかも肺炎で亡くなっている。足の骨を折ったのがもとで肺炎を引き起すという話は世界中、聞いたことがない。

我が国には昔から「運が悪かった」という言葉があり、不慮の災厄に遭った時など、この言葉を使って諦めて耐えるという「知恵」を誰もが持っていた。人の世は決して平坦な道ではないということを皆が知っていた。知っているからこそ親は子に耐えることや諦めることを教えた。耐え難きを耐え許し難きを許すこと、それは最高の美徳だった。自分がこうむったマイナスを、相手を追い詰めて補塡（つまり金銭で）させようとすることは卑しいことだった。かつての日本人は「不幸」に対して謙虚だった。悪意のない事故も悪意のある事故もゴチャマゼにしてモトを取ろうとするガリガリ亡者はいなかった。今はそのガリガリ亡者の味方を司法がしている。

東日本大震災の際、ある幼稚園の園長が園児を送り帰すべきか、このまま幼稚園に止めて様子を見ることにするかの岐路に立たされ、帰宅させることを決断して送迎バスで出発させたのが裏目に出て、園児のバスは津波に呑み込まれたという傷ましい事件があった。その後園児の親たちが幼稚園長などの責任を問うて約二億六千七百万円の賠償を求めて提訴をし、一審では園長に一億七千万円余りの賠償命令が下りた。そういう話もある（二審で和解が成立）。地震と共に津波が押し寄せて来たという絶体絶命の危機に下した判断が裏目に出たことの、どこに園長の落度があるというのだろう。

司法は人間性を失った。

情を捨て、観念のバケモノになった。

何でもかでも理非を問わず被害をこうむった立場の味方をするべしという規約でもあるのですかと問いたいくらいだ。小学校四年の男子が投げたボールが逸《そ》れて、別の小学生の胸に当って死亡した。それに対して仙台地裁は少年の親に六千万円の賠償を命じたという話もある。

これではうっかりボールも蹴れない。投げられない。走れば誰かと衝突するかもしれないから走らない。かつては子供に喧嘩はつきものだった。喧嘩によって少年は成長期の鬱積《うっせき》するエネルギーの毒を発散した。そして未来に向って強く生きて行くための基礎を身につけたといえる。だが今は何よりも暴力は否定される時代だから、喧嘩は出来ない。喧嘩をせずにイジイジと虐《いじ》める。虐められて、思いつめて自殺に走る。自殺であれば誰からも賠償を求められる心配もないからと、悲しくも賢く考えるのかもしれない。

その一方で「子供の気持をわかろう」とか「子供の主体性を認めよう」とか「子供をのびのび育てよう」などというしたり顔の教育論が氾《はん》濫《らん》している。のびのびとボールを蹴ったらこのさわぎである。

しかしこの春、事件から十一年を経て、事件は漸《ようや》く最高裁によって正しい判決が下された。

「危険がない遊びなどで偶然起きた事故なら親の責任は免れる」

という初判断が示されたのである。この国の司法にもまだ良識が生き残っていたのだ、と私の胸のつかえは一応下りた。十一年ぶりで少年の家庭から暗雲が去ったのである。

しかし十一年とはあまりに長い年月だ。六年生だった少年は二十二、三になっている。その長い思春期を彼はどんな思いで過《すご》したのだろう。彼は楽しくボールを蹴っただけだ。それ以外にどんな悪いことをしたのか……。その思いはさぞかし彼の胸にこびりついたことだろう。両親に対してすまないという辛い気持も賠償金の高額さと共に抱え込んでいたに違いない。それらの思い、怒り、口惜しさ、ボールなんか蹴らなければよかったという無駄な後悔、そんな意識と共に彼は十一年の歳月に耐えなければならなかったのだ。

彼は晴れて無罪になった。

だからめでたいといってすませていいのか。

「可哀そうに。この経験がトラウマにならなければいいけどねェ」

という人がいた。確かに私もそう思うけれど、本人にとっては、その同情、「可哀そう」という言葉はただ空しいだけだろうなあと思う。

無罪報道の後で讀賣《よみうり》新聞はこんな「識者のコメント」を掲載している。

「この年齢の男児のキック力や精度を考えれば、ボールが門扉やフェンスを越えることは考えられたはずだ。学校側がゴール裏にネットを張ったり、ゴールを道路側ではない所に置いたりしていれば、ボールが外に飛び出すことを防げたかもしれない」

そこで学校はゴールの位置を動かすなどし、教育委員会は「今後も学校施設の安全管理を徹底して行ってまいりたい」と語ったという。

ナニが「行ってまいりたい」だ。そんなことはどうだっていい。そんなことより、少年の心のうちを考えるべきだ。損得よりも寛容な心を持つ人間が増えさえすれば起る問題ではないのである。

心配性の述懐

今日は遠い昔のことをしみじみと思い出した。私が子供の頃（昭和の初め）はどこの母親もみな心配性だったことを。子供が遊びに出て日が暮れても帰って来ないとひどく心配し、心配のあまり怒り出しさえした。それが怖くて私たち子供は、日暮前に必ず家へ帰ったものだ。

遊びに出る時、おとなたちは決ってこういった。

「電気が点《とも》ったら帰って来るのやで」

その頃、電力会社からの送電は昼間は停止されていて、夕方の五時（夏は六時）になると漸《ようや》く送電されて電燈《でんとう》がつくのであった。表で遊んでいると家々の軒燈が一斉に点る。それを見ると子供たちは急いで家へ帰ったものだ。

日が暮れているのにまだ外にいる子供がいると、通りかかった見知らぬおとなが声をかけた。

「早《はよ》う帰らにゃお母はんに叱られるで」


そんなことを思い出したのは、大阪府寝屋川市の中学一年の少年少女がわけもなく殺害されるというむごたらしい事件を知ったからである。初めのうちテレビは、深夜の商店街を行きつ戻りつしている少年と少女の姿を捉えた防犯カメラの映像を頻《しき》りに流していた。そしてその説明をこう述べていた。

その夜九時頃、少年は少女からのラインを受け取り、少女の家へ遊びに行くといって家を出た。

そしてその後二人が商店街を行きつ戻りつしている姿が防犯カメラに映っていることがわかったのである。説明を聞いた途端に思わず私はいった。

「――夜の九時に、中学一年生が遊びに出るとは……」

私などの年代の者には考えられないことである。私の子供の頃は日が暮れた後は子供は家にいるものと決っていた。夜になって町をうろついていては不良と謗《そし》られ、いったい親はどういう親か、と怪しまれたものだ。

だが今はそんなことは珍らしくも何ともないらしい。私があまりに驚くのを見て、娘はいった。塾へ勉強に行っている子供は、九時十時に夜道を帰って来るのだ、と。親の方だって勤め先の都合で深夜に帰ることもある。昔の子供と違って今の子供は自立している。親がいなくてもコンビニで自分の夕食を買って食べるだけの才覚があるのだ。お母さんが帰らないようといって泣く子供なんか今は一人もいない。時代が違うのよ、時代が……。

そういわれればそうかもしれないと思いはするが、しかし、だからといって親は心配しないでいられるものだろうか。私のようにガムシャラに、怖いもの知らずに生きて来た者でも、娘を育てる時は心配ばかりしていたのだもの。

確かにそうだった、心配されるのがうるさかった、と娘はいった。

「夜、タバコを買いに行くのに、パパのステッキを持って行かされたんだもの……」

「パパのステッキ」とは別れた夫が忘れて行ったもので、頗《すこぶ》る頑丈に出来ていた。萬一《まんいち》の場合、それを振り廻《まわ》して身を守れ、というのが私の親心である。

「だから私は夜出かける時は必ずステッキを持っているので、ヘンな目で見られたのよ」

娘はいった。

「私って、なんて素直な子供だったんだろう……」


書いているうちに思い出したことがある。学校時代の古い友人、Y子の話だ。彼女が娘時代のことだ。一人で夜道を歩いていると、後ろから追いかけて来るような足音が追って来た。怖くなって急ぎ足になると向うも同じ足どりになる。切羽詰《せっぱ》って必死の頭に浮かんだのが、危急の際の対策としておばあちゃんから教えられていたことだ。それは櫛《くし》を口にくわえ、追って来る者に向き直って、「イヒヒヒ」と笑うことだった。

女は非力であるから、男の力に負ける。だから頭を働かせよ、というのがおばあちゃんの教えだったのだ。しかしおばあちゃんの時代は女が髪を結い上げていた時代であるから、日常、髪に櫛をさしている。口にくわえることは造作なく出来る。昭和の娘であるY子は櫛など持っていない。切羽詰ったY子は手提袋をかき廻し、財布をくわえてイヒヒヒとやった。つけて来た男はそれをチラと見るなり眞直《まっすぐ》前に目を据えて、まっしぐらに歩いて行ったということであった。

Y子はその話を折にふれ二人の娘さんにした。しかし娘さん二人は、冗談も休み休みいってよ、と怒り、だいたいその男は果して悪者だったのか、ただ同じ道を急いで歩いていただけだったのか、わからないではないか、とバカにした。

私もそれに同感だが、しかし親として「心配でたまらない」気持はよくわかる。
昔の道は怖かった。街は眞暗で、自分の足音すら怖かった。夜道を歩く娘の帰りを家で待っている親の心配は限りなく、「ただいま」の声でほっと生き返ったような気持になったものだ。その心配は子供にしてみればうるさくてたまらない。うるさいうるさいと思いながら、しかしそれはいつか子供の心に染み込んで、あんなに心配するのだから、心配をかけないようにしなければならないという思いが、ブレーキの役目を果したといえるかもしれない。

現代の街の夜はいつまでも明るい。コンビニは深夜まで営業している。今の子供は小遣いに不自由していない。ガラケーとかスマホとかは必ず持っていて、ことがあればすぐに連絡出来る。いざとなればパトカーが走って来るし救急車も飛んで来る。子供は自立している。何の心配もない。だから夜の九時に子供が遊びに出ることを止める親はいない。深夜子供がうろうろしているのを見かけても、心配する人はいない。

深夜になってから少年は友達に「泊めてほしい」というラインを送った。だが友達は断った。親に相談して断ったのか、自分の一存でしたのかはわからないが、中学一年の友達が深夜になって泊めてくれといってきたことを、何ごとかと心配する気持はなかったらしい。心配すれば親に相談し、親は直《ただ》ちに少年の親に連絡を入れる筈《はず》である。もしそうしていれば二人が殺されることもなかったであろう。

といってその人たちが悪いというのではない。「心配」の量と質は現代に至って半減した。人の情が文明の進歩と共に変質するのは自然の成り行きだと考えるべきかもしれない。しかしその変質を「進歩」と呼ぶべきかどうか、私は迷う。

妄想作家

一九六九年七月二十日はアメリカの宇宙探査機アポロ11号が、月面に着陸した日である。

その前日の七月十九日、私は親友川上宗薫が入院している虎の門病院の分院へ見舞いに行った。その頃はどこもかしこも畑ばかりで、私はすっかり道に迷ってしまった。畑や草っ原の連らなりをやみくもに歩いているうちに陽は傾き、心細いような夕の空に灯を点《とも》したばかりの病院が浮き出た情景が鮮明に思い出される。それ以外の景色は何も思い出せない。なにしろ五十年近い昔の話だ。

やっとの思いで病院の入院病棟へ入っていくと、正面のナースステー

ションにガーゼの寝巻を着た川上さんが、電話を片手にこっちを見て、いきなり、

「おい、何やってんだ。取ったぞ、直木賞！」

と叫んだ。

「エーッ」

といったまま私は絶句した。私の作品「戦いすんで日が暮れて」が直木賞の候補に上っていることは知っていたが、受賞するもヘチマもない、私の家は夫の経営している会社が倒産して、私は借金取りとの応戦に日々追われていて、直木賞のことなど考える暇などなかったのだ。「戦いすんで日が暮れて」は講談社から出版された本だが、講談社からも何の連絡（期待とか激励とか）もなく、誰一人、佐藤愛子と直木賞を結びつけて考える人などいなかったのだ。

川上さんは文藝春秋社の人が既に川上さんの病室に来ていて、私が来るのを待っているという。文春からの受賞の電話を受けた私の母が、娘は川上さんの入院先にいるだろうと答えたからである。そこで私は「直木賞をお受けいただけますか」と丁重に訊《き》かれた。受けるか受けないかを答えねばならないのだった。

思わず私は困惑し、助けを求めるように川上さんに向っていった。

「どうしよう？」

ただささえ借金攻防戦に明け暮れている折からである。この戦いの上に直木賞など貰えば、マスメディアに巻き込まれてどんなことになることか……。川上さんはベッドの上で暫《しばら》く考えてからいった。

「しかし、ゼニは入るぞ」

ゼニ……。

その一言は私を貫いた。その一言に私は我を忘れた。気がつくと、

「お受けします」

といっていた。


受けたからには記者会見というものに臨まなければならないのだった。その場から私は新橋第一ホテルの会見場へ運ばれた。そこでの様子は何も憶えていない。ただ人がゴタゴタいたこと。椅子に坐《すわ》っている私の周りに何人かの新聞記者がいて、形ばかりの質問をし私は簡単に答えた。それだけだった。芥川賞の受賞者庄司薫さんや田久保英夫さんの会見も同じ部屋だったのかどうかもわからない。とにかくガヤガヤ雑然としている中での片隅のことでお茶が出たかどうかもわからないほどだった。この頃の受賞の光景をテレビで見ると、そのチガイにしみじみと時代の

移り変りを思わせられる。これをめでたい進歩といっていいのかどうかは私にはわからないが。

間もなく私はホテルを出た。星野さんという文春の担当編集者と一緒である。新橋の駅に向ってビルの間を歩きながら、ふと見上げるとビルの上にまるで絵に描いたようなまん丸い黄色い月が浮かんでいた。それを見て私はアポロ11号のことを思い出して星野さんにいった。

「星野さん、あのお月さまに向って今、アポロは飛んでるのね」

星野さんは誘われて月を見上げ、

「そうですね。うーん、感慨無量だなぁ」

といった。

そして私たちは駅の前で別れ、私は地下鉄に乗って帰ったのである。

これは折にふれ思い出され、人に語ってはその都度記憶が鮮明さを増して私の脳裡に焼きつけられてきた光景である。直木賞の時節になると思い出話などを求められることが多いので、その度に私はこの話をしてきた。

ところがである。この話にイチャモンがつけられたのだ。ある雑誌のインタビュアーからこういわれた。

「先日のお話ですが……あの満月を見上げながらアポロに思いを馳せたというところ……」

彼は気の毒そうにいった。

「調べたところ、一九六九年七月十九日は満月ではなかったんです」

「へえ？」

と私はいった。どういうことですか？

「月齢カレンダーで調べましたところ、その日は夕月だったんです。つまり三《み》か月です」

何をいっているのかわけがわからない。

「調べたって？　どういうことです？」

「データがあるんです。月の周期で計算して行くと、過去のすべての日の月の満ち欠けがわかるんです……」

そのデータで四十五年前の七月十九日は三か月だったことがわかったというのだった。

しかし私はこの目で見たのだ。

あのまん丸の大きな月、ビルの上に懸《かか》っていた黄色いお月さまを。今でも私の瞼《まぶた》の裏にはまざまざとその月が懸っている。星野さん、見てごらん、と私はいったのだ。あのお月さまに向って今、アポロは飛んでいるのね……。

月が見事にまん丸だったからこそ、私はアポロを思い出したのだ……。

「はァ……しかし、このデータは絶対間違いありません。天文学が証明しているんですから」

あれは何だったのだ。

夢かまことか幻か。はたまた狐狸《こり》のしわざか。気が触れたか。勝手に作り出した夢想だったのか。

唯一人の証人は星野さんだ。星野さんもあの月を見ている筈だ。私と会話を交したのだもの。だが今は星野さんの消息はわからない。わかったとしても敵は天文科学ということであれば、もうジタバタしても始まらない。私の負けだ。

しかしあの光景は四十五年間、今も私の脳裡に焼きついている。ふしぎなんてものじゃない。呆気《あっけ》にとられてもう何もいえない。すべては妄想だったのか？　だとしたらその妄想はいつの時点でなぜ生れたのだろう？　我がことながらゾッとする。妄想の力で私は作家になれたのか？

讀者《どくしゃ》の皆さん。これからは私のいうこと書くことアタマから信じないでただ面白がって下さい。もう、そうとでもいうよりしようがないのである。

蜂のキモチ

八月の初めからここ北海道浦河町の山荘で夏を過《す》ごしている。ここは山の中腹の一軒家で南に太平洋、目の下には牧草地や放牧場が広がり、暮しはそう便利とはいえないが、気分は頗《すこぶ》る爽やかで暢気《のんき》である。

ここへ来て十日目に町長さんの訪問を受けた。居間でとりとめもなく話すうちに、町長さんのお供の、何トカ課の主任さんが、おや、すずめ蜂が飛んでいますね、といった。見るとガラス戸の外を数匹の蜂が行き来している。どこかに巣があるにちがいないということになって、テラスに出てみると、軒下に巣があった。さほど大きくはないが、（直径十三、四センチか）まさしくすずめ蜂の巣である。三、四年前にも同じ所に巣が作られたが、私の留守中のことであったので、留守宅を見廻《みまわ》ってくれている人が見つけて除去してくれたという話を聞いたことを思い出した。蜂は何度やられても同じ場所に巣を作るものらしい。

翌日、役場から駆除係の男性が来て、造作なく巣は取り去られた。あたりを飛び廻る蜂も一匹残らず虫捕り網で掬《すく》い取られた。簡単にことは落着したのである。

夜になって外出していた娘が帰って来た。玄関の上り框《がまち》を上った途端に、

「キャー……イタイ!」

という叫び声が上り、血相を変えた娘が居間に入って来た。スリッパを履いたその瞬間、足の甲に激痛が走ったという。スリッパの中に潜ん

でいたすずめ蜂が刺したのだ。足の甲が赤く腫《は》れ上っている。すずめ蜂はナミの蜂とは違い、猛毒を持っていて、刺されて死んだ人も珍らしくないということは聞いて知っている。娘は悲壮な顔で、

「もし心臓がおかしくなったら救急車を呼んでね……」

という。とりあえず毒を絞り出そうと押しまくり、絞り出せたかどうかはよくわからないけれど、氷で冷やした。とっさに娘が打ち殺したのか、縮まってコロコロになった蜂の死骸を団扇《うちわ》に乗せて仔細に眺める。眺めたところでどうということはないのだが、インターネットで調べると、リンデロン軟膏《なんこう》を塗れとあるので、それを塗りたくる（たまたま薬箱にあったリンデロンはよく見ると、「眼科用」と書いてあったが）。応急手当をした後はすぐに病院へ行くべし、というインターネットの指示だが、丁度《ちょうど》日曜日の夜のことでもあり、腫れもそれほどのものではない

様子なので、そのまま一夜を明かし、翌日は腫れも痛みも引いているので病院へは行かずにすませた。

翌日、見ると巣があったあたりを数匹の蜂が飛び廻っている。これを「戻り蜂」というのだそうだ。それを退治するための男性が再び役場から来てくれた。虫捕り網をふり廻して飛び廻っている何匹かを掬い取って、もう大丈夫でしょう、と帰って行った。

その夜のことだ。電動マッサージ機にかかっていた娘が、終ってスリッパを履いた途端、

「キャー、イタイィ……」

前日と同じ騒ぎになった。又してもスリッパの中に蜂がいて、そいつに刺されたのだ。

「まったく！　しつこい！」

娘は怒って前日に刺された後、早速買っておいた「ハチアブスーパージェット」という強力殺虫剤をピュッとひと吹き。蜂は縮んでコロリと転がった。娘はいう。

「スリッパなんかに隠れてるんだから、タチが悪いわ、この蜂は……」

タチが悪い——？　その時、私は思ったのである。巣を取られて行き場のなくなったすずめ蜂は、ヨレヨレヘトヘトになって、一夜を過す場所を捜してさまようちにスリッパを見つけた。スリッパの奥は薄暗く暖かそうだ。ほっとして中に入りひと休みしていると、ヌゥと入って来た妙な奴。びっくりして思わずチクリとやった。それは彼が神さまから与えられた防禦《ぼうぎょ》本能である。巣を取られた怨みを晴らそうとして、隠れて待ち受けていたわけではない。

「すずめ蜂はこちらから攻撃しない限り何もしません」

とすずめ蜂研究家はいっている。すずめ蜂がいても知らん顔をしていればいいのである。なのに我々はすずめ蜂を見ただけで忽《たちま》ち攻撃的になる。彼らは営々として巣を作り、女王蜂を中心に休みなく働いているだけだ。人間世界を攻撃し、勢力を拡大侵略しようとしているわけではない。しかし猛毒の針を持っているすずめ蜂は、必ず刺すとは限らないのだが、萬一《まんいち》刺された時は大ごとになるというので早目に殺されてしまう。これを人間界では「用心深さ」「危険予防」という。

「まったく、すずめ蜂という奴はロクなもんじゃない。蜜を集めてるわけじゃなし、何の役にも立たねえしようがねえ奴だ……」

という親爺《おやじ》さんが来た。その点蜜蜂はせっせと働いて蜜を集めて人間の役に立つものな――。

役に立つ？　うーん……。それは人間が勝手に上前《うわまえ》をはねているだけじゃないのか？　上前をはねられるかどうかで、蜂の値打ちを勝手に決めている……。牛や鶏は大いに上前をはねられるから上等の生きものとして大事にされ、すずめ蜂・ゴキブリ・ナメクジなどは何の利用価値もないから憎まれて殺される。

「奴らはまったく、何のために生きているのかねえ……」

そう親爺さんはいった。そう改たまって訊《き》かれても、私にわかるわけがない。神さまのお考えでしょう、とでもいうしか——。

ただ一つわかることは、生きものはすべて、人間に利用されるために生れているわけではない、ということである。

「すずめ蜂はすずめ蜂として生かしめよ！」

拳《こぶし》をふり上げて叫んでみるが、その気配に飛んでいたすずめ蜂を驚かせて刺され、ミ、ミカタなのにィと叫んで死ぬ——そういうことだって
あり得るのではないか？
ないとはいえない。あり得ることだ。
そこがこの世を生きる難かしさなのですねえ。

お地蔵さんの申子

この北の町で夏を過《す》ごすようになって、今年で丁度《ちょうど》四十年になる。私はこの町、浦河町が大好きだ。私のいる字《あざ》東栄という集落にはおよそ百軒ばかりの漁師の家がひしめいていて、それを見下ろす山の中腹に私の家はある。

私はなぜか、この人たちと気が合う。ここへ来るとほっとする。お互いに単純で率直な性《さが》であることで同類感が生れるのか、丁寧な挨拶が必要ないのも気楽でいいし、いいたいことを遠慮なくいい、いわれるのも心地いい。

ここでの一番の親友は「アベさん」だ。アベ商店は集落の中ほどにあって、生活上の必需品はほぼ間に合う。暇を見ては私は山を降りてアベさんの所へ行き、店の奥の事務所兼応接間といったところの、四十年間変らぬ長椅子に腰をかけてとりとめもないおしゃべりをするのが楽しい。

「センセエ、ミキのヨメさん、いないべか」

アベさんは私だけでなく、人の顔を見さえすれば、そういうのがいつ頃からか癖になっている。去年も、一昨年《おととし》も、いや一昨昨年《さきおととし》もそういっていた。ミキというのはアベさんの息子で、長年子供に恵まれなかったアベさん夫婦に奇蹟的に生れた男の子なのだ。

それについてはこういう誕生秘話がある。

今から四十七年前のある日のことだ。アベさんが店の前に立って通りを眺めていると、漁師の中村さんがやって来た。

「なにしてんだ、アベ」

「なんもしてねえ。立ってるだけだ」

すると中村さんがこういった。

「お前《め》、知ってっか？　その地蔵《じぞう》さんのこと」

アベさんが立っている店の脇の空地に、いつからそこにあるのかわからないほど古い小さな石地蔵が立っている。近くにあるのに気に止めたこともなかった石地蔵だ。これは子授け地蔵というのだ、と中村さんはいった。

「お前、知らねのか。頭三回撫でて、子供授けてくれろって頼めばいいんだ。それで生れるのさ」

中村さんは「こうやるのさ」といって石地蔵の頭を三回撫でてみせた。

「カンタンだな」

「カンタンさ。撫でて、頼めばいいんだ。どうか子供を授けて下さいってな」

かねてよりアベさんは子供が欲しかった。

「まだか、まだ出来ねえか」

奥さんに催促しては、喧嘩のもとになったこともある。そんなアベさんには耳よりの話だったので、アベさんは喜んで中村さんに教えられた通りに地蔵の頭を撫でて祈った。

「これでいいんだべか」

「ンだ。そして今夜、ヤレばいいんだ」

アベさんはいわれる通りにした。すると次の月、アベさんの奥さんの月のものが止った。奥さんは妊娠したのである。

アベさんが喜んで中村さんに報告した。すると中村さんは浮かぬ顔をしていった。

「オラ家《チ》も出来ちまったんだァ……」

中村さんはアベさんに地蔵さんへの頼み方を伝授するために実践してみせた。頭を三回撫でて、どうか子供を授けて下さい、といった。それで地蔵さんは願いを叶えたのである。中村さんには既に三人の子供がいて、それ以上はもう「いらねえ」と思っていたのに、である。

ミキはそうして生れた地蔵さんの申子《もうしご》である。アベさん夫婦が狂喜して大事に育てたことはいうまでもない。

「中村の四番目の女の子とうちのミキとは同い年の同じ月生れ。日にちまで同じなんだ。嘘じゃないよ。地蔵さんは偉いもんだ」

アベさんはほとほと感心していっていた。

この話を私は面白半分に雑誌に書いた。それが本になると、子供に恵まれない人たちが地蔵さんを訪ねて来るようになった。アベさんの店は子授け地蔵の案内所のようになった。アベさんはその人たちの名簿を作った。子供が生れた人と生れない人と、ノートは別々にした。無事に生れたことの礼状や写真を私は見せられた。お礼詣りに来る人も何人かいる。アベさんの奥さんは白ダンゴを作ってその人たちにあげた。やがてその話がインターネットに出るようになると、北海道だけではなく、遠くは鹿児島なんかからも来るようになり、アベさんは「子授け地蔵」と彫り込んだ柱を店の前に立てた。

そうして月日が流れた。

地蔵さんの申子であるミキは四十七歳になった。ミキはこの町の病院の事務関係に勤め、今は係長である。この集落では珍らしい穏やかでもの静かな細身の青年だ。アベさんの今の望みはミキにお嫁さんを貰うことである。だがミキはどうやら結婚をする気がないらしい。それでアベさんは人の顔を見れば決って、「ミキの嫁はいねえべか、ミキの嫁」という。他人にいうくらいだから、ミキにも「嫁もらえ、嫁もらえ」としつこくいっていることは容易に想像がつく。結婚をしたくない理由を問いただすのではなく、お説教をするわけでもなく、ただ「貰え、貰え」というだけであるから、ミキは閉口してただ苦笑している。この夏も私は何度か「ミキの嫁さんいねえべか」の台詞《せりふ》を聞かされたが、愈々《いよいよ》、東京へ帰ることになった日、アベさんは私にいった。

「センセエ、ミキの嫁のこと、本に書いてくれないかい」

子授け地蔵のことが本になったために、全国から人が来るようになった、だからミキの嫁さんのことを書けば、必ず嫁さんがやって来るとアべさんは考えたのだ。

ソレとコレとは話が違うといってもアベさんは聞かない。たとえ嫁さんが見つかったとしても、ミキにその気がなければどうしようもない、そういってもアベさんの耳には入らない。

「センセエが書けばきっと来るよ。間違いねえよ。頼むよ……頼んますよ」

私ははじめてアベさんの丁寧語を聞いたのであった。

それで今回はこういう原稿になった次第です。これでアベさんへの義理は果したけれど、あとはどういうことになりますか。

帰り際に子授け地蔵を横目で見たけれど、子授け地蔵は赤いよだれ掛けを何枚も掛けて、どこ吹く風という面持ちであった。

一億論評時代

テレビアニメの「サザエさん」は今年で放映何年になるのかよくは知らないが、三十五周年の時に新聞がサザエさんについての感想文を募ったことがあったようで、その時の新聞記事の切抜きがこの程出て来た。わざわざ切抜いて取っておいたのは、その感想文に意表を突かれたからであろう。今、讀《よ》み返してみて、やっぱり私は意表を突かれる。その第一は、

「学校や家でカツオが怒られるシーンに違和感がある」

というものだ。それに対して十二通の反響があったと紹介されている。

そして、

「家であそこまで叱ってくれる父親はそうはいない。今では失われた姿を守りつづけているからこそサザエさんは愛されている」

という意見が多数、とある。

それにつづいてこういうのがある。

「カツオと同じ年頃の子を持つ親として、波平の子供を理解しようとしない古い父親像に理不盡《りふじん》さと不快感を覚える」

これは三十歳の男性の意見だ。思わず私は、

「おいおい、これはマンガだよ……」

といいたくなった。マンガというものは人間の機微を捉えて、それを面白がるゆとりから生れるものだ。「父親としてのあるべき姿」を説く教育書なんぞではない。

登場人物の粗忽《そこつ》や間ヌケや失敗、悪戯《いたずら》や嘘や頑固を笑えばいい。遠慮

なく笑うためにマンガはあるのだ。いったいいつからマンガは人間を論評する場になったのだろう？

「昔は廊下に立たされても授業に追いつけた。『子供は教育を受ける権利がある』という言葉に時代は変ったんだなあと思った」

これは「五十八歳の女性」の感想である。カツオが先生に叱られて教室の外に立たされ、『子供は教育を受ける権利がある』とでもいったのかもしれない。カツオは勉強嫌いで遊ぶのが大好き、悪戯ばかりしている小学生で年中、先生や父親に叱られている。昭和前半の子供はみな勉強嫌いで食いしんぼうだった。父親は頑固一徹、母親は優しい働き者でサザエさんはおっちょこちょいの姉で、弟のカツオに文句をいうのを生《い》き甲斐《がい》にしている。昭和前半の日本の家庭の典型ともいうべき一家である。

それぞれの讀者《どくしゃ》が思い当るような日常のささやかな、ありふれた喜怒哀楽がくり広げられているところが懐かしい笑いを呼ぶのである。父親は頑固一徹で、カツオは年中叱られている子供でなければこのマンガは成り立たないことはいうまでもないことだ。だが「四十一歳の男性」はこういう。

「成績は悪くてもカツオの生きる知恵の豊かさに感心した」

察するにカツオが下手な悪知恵を使って父親のお説教から逃げる場面なのだろう。

感心している場合か。ここは笑うところだ。なぜ笑わない！　笑わずに感心するとはマンガに対する侮辱ではないか！　しっかりせえ、と私は怒りたくなった。

しかしこの記事をまとめた記者は、眞面目《まじめ》にこう結んでいる。

「多様な意見にサザエさんの不動の人気ぶりを垣間見《かいま》るようでした」

私が子供の頃、何度も讀んではその度に笑ったマンガがある。泥棒を警官が追いかけながら、

「待てェ……」

と叫んでいる。逃げている泥棒に待てェといっても待つわけがない。だが警官は眞剣《しんけん》に眉をつり上げていっている。

「待てェ……」と。そこがまずおかしかった。

追う警官は眉をつり上げたまま、バナナの皮にすべってひっくり返る。ひっくり返ったまま、

「待てェ……」

といっている。眉をつり上げたまま。

昔のマンガはそんなものだった。それでも私たちは面白がって笑った。今の子供はどうだろう？　笑うか笑わないか。

「警官たる者は方々に目を配って注意を払っていなければならないものだということを教えているのだと思います」

とでも感想をいうのかもしれない。

これを日本人が知的になったと考える人もいるかもしれないが、私はなんだかうら淋しい、心細いような気持、心配になってしまう。

ある日のことだ。私は地下鉄のプラットホームに立っていた。向い側のプラットホームの端っこに、見るからに粗末な身なりのホームレス風の老人が立っていて、目の前に雑誌を広げた格好のまま、ヒゲもじゃの顔を仰向けて大口を開けて笑っている。彼が両手で持っている雑誌は遠目にも表紙のごたごたした色彩からマンガ雑誌であることが見てとれる。

老人はマンガを見て大笑いしているのである。歯がないためか、口はくろぐろと穴のように開いていて、私の耳には届かないが、さぞや大きな笑い声が流れ出ているであろうと思われる。実に無邪気な、憂さを忘れた無垢《むく》な笑顔だった。「よかったねえ。そんなに笑えて」と私はいいたくなった。

ああまで彼を笑わせているマンガはどんなマンガか、私は見たくなった。せめて作者の名前だけでも知りたかった。ここで、こんなに笑ってくれる讀者がいると知ったら、作者はどんなに嬉しいだろう。本が売れるよりも、有名になるよりも、この淋しい人生に耐えて老いてきた人に、あんなに笑ってもらえるなんて最高の喜びにちがいない。マンガ家冥利に盡《つ》きるとはこういうことだろう。

そこへ電車が来た。乗りたくなかったが、仕方なく乗った。あっという間に笑っている老人は消えてしまったが、私の心はあたたかなものに満たされていた。今でも、あの笑顔は脳裡に焼きついている。

後日、私はその話を親しい友達に話した。すると高学歴を誇る知的女性である彼女はいった。

「でもね、そんなノンキ者だからホームレスなんかになってしまうのよ。成功して行く人はマンガを見て笑ったりしないのよ」

「なるほどね」といって私は絶句した。確かにこの世の苛酷な現実を生きるとはそういうことかもしれない。しかし、だからこそ私はあの老ホームレスこそ「幸せを心に持っている人」だと思うのである。

グチャグチャ飯

今年の六月、ハナが死んだ。

ハナは十四年前、北海道の私の別荘の玄関の前に捨てられていたメス犬だ。生れて二、三か月というところか、両の手のひらに乗っかるくらいの大きさだった。夜が白々と明ける頃、クークーキャンキャンと啼《な》く声に家中が目を覚ましたのだった。

どこから来たんだろう、こんなに小さいのに……と居合せた泊り客がいったのは、私の家は人里離れた山の中腹にあって、人家のある所からは七百メートルくらい山道を登らなければならないからだ。どこから来たもヘチマもない。車に乗せて捨てに来たのだ。我が家を狙ってわざわざ早朝に来たのだ。私に押しつけに。

ここは私の別荘である。秋になれば私は東京に帰る。この犬を引き受けるとしたら、東京に連れて行かなければならない。飛行機に乗せて、だ。(犬の飛行機賃ナンボ?) そうしなければこれから寒さに向うこの山に、こやつを捨てて行くことになる。その残酷な役割をこやつの飼主は見も知らぬ(尻の持ち込みようのない)私に押しつけたのだ。

私は犬を飼いたいと思っていない。前にいたタローという犬が死んだ後、暫《しばら》くは犬を飼うのをやめようと思っていたのだ。飼いたくないのに(どこの何者ともわからぬ勝手者のために)飼わなければならなくなっていることの理不盡《りふじん》な事態に、ハラワタが煮えくり返る思いだった。

しかし人恋しさに足もとにすり寄っているこの小さき者を、北狐《きたきつね》の出没する荒野に放棄することは出来ない。チクショウ! と私は憤怒しつつ、「飼うしかない！」と決心したのだった。

東京の家へ連れて来られた犬コロは、孫によってハナという名がつけられた。前にいた犬がタローだったので、今度はメス犬だからハナにした。熟考の末つけられた名ではない。考えもしないで、思いついただけの名前である。それほど大切にされていたのではないことがこの名前のつけ方でおわかりになるだろう。

ハナはタローが使っていた小屋を当てがわれ、家の中には気の向いた時しか入れてもらえず、いつもテラスからガラス戸越しに私を見ていた。私が居間にいる時は居間のガラス戸の向う、応接間で来客と向き合っている時は応接間のガラス戸の向うからこっちを見ている。

「このワンちゃんはいつも佐藤さんを見つめてるんですねえ。よっぽど可愛がられてるんですね」

と何人ものお客からいわれた。私は特別にハナを可愛がってはいない。日々の暮しのついでに飼っている、という気分だった。何しろ私は忙しいのだ。ハナに心を寄せる暇などなかった。時々、思い出したように、ハナ、元気かい、と言葉をかけて頭を撫でてやるくらい。庭に穴を掘ったといっては叱り、泥足で磨いたばかりの床に上ったといっては邪慳《じゃけん》に追い出し、たまにブラシをかけてやるが、何ごともやり出すと熱中するたちなので力まかせにいつまでもかけつづけ、いやがって逃げようとするのを逃がさず押えつけて怒る。

しかしお客の中には、「ホントに幸せなワンちゃんねえ。ケージに入れられたり、つながれたりしていないし、お庭は広いし、こんなに自由にさせてもらってる犬はいませんよ」という人が少くなく、私は尻こそばゆい思いで、「いや……そんな……幸せだなんて……そんなことは……」あとは口の中でムニャムニャいってごま化すしかない。ハナにしてみれば、「幸せな犬？　勝手に決めなさんな」という思いかもしれないと思っていた。

そんなある日、思い出したことがある。北海道の別荘でハナを飼うことに決めた翌日のことだ。朝の五時半、けたたましい啼き声に窓を開けると一匹の北狐がハナをくわえている。思わずコラーッと怒鳴って窓から飛び降りると、狐はハナを放して一目散に逃げて行き、ハナは手毬《てまり》が転がるように私に向って走って来たのを受け止めて抱き上げると、額に狐の牙の痕が血を滲《にじ》ませていた。

その時のことをハナは忘れないのだろう。ハナは私を「命の恩人」だと思っているのだ。その恩人が東京の家では少しもかまってくれないが、ハナは失望もせず、黙って遠くから「恩人」を見守っているのか。見守る癖がついてしまったのかもしれない。そのうち気がついた。ハナは自分の小屋では寝ずに、私の寝室の外のテラスで毎晩寝ている。春や夏はともかく厳寒の頃も変らない。ハナは私を守っているつもりなのだろうか。それとも捨てられた時のあの夜明けの、ひとりぼっちの心細さが身に染みこんでいて、少しでも人の気配に近いところにいたかったのだろうか。

しかし私はそんなハナの心情に応えてやろうともせず、いつも忙しくいつも邪慳だった。

この国では昔から、猫の飯は残飯に鰹節《かつおぶし》をかけたものと決っていて、犬の飯は魚の骨やら肉片、野菜の煮物にそれらの煮汁か味噌汁の残りを残飯にかけた「汁飯」と決っていた。「猫飯」は汁がないから、猫の食べ方は静かである。犬はピチャピチャと音を立ててまず汁を平らげ、それからおもむろに中身にとりかかる。そのピチャピチャに犬のいそいそした気持が滲み出ていて可愛かった。

だが今はドッグフードなるコロコロが犬の常食になった。毎日毎日、来る日も来る日も何年も、同じコロコロを食べてよく飽きないものだと思う。何かしらヘンだ。不気味だ。もうピチャピチャに始まる食事ではなく、初めから終りまでカリカリ、カリカリだ。だが、「それでいいのです。ドッグフードなら栄養も考えられているし、第一、糞《ふん》が臭わないのがいい」と皆がいう。そうかもしれない。そうかもしれないが、そうでなければいけない、ということもないだろう。そう考えて私はハナのご飯は昔ながらの残飯主体の汁飯にしていた。昆布だしを取った後の昆布を細かく刻んで必ず入れた。この昆布飯でタローは二十歳まで生きた。タローの前のチビは十九年生きた。ハナもそれくらいは生きると私は固く思いこみ、昆布入り残飯を食べさせているから、うちの犬は長命なのですと自慢げにいったりしていたのだ。

しかし十五年目の春が過ぎた頃から、ハナは昆布飯ばかりか何を与えても食べなくなり、お医者さんから「腎不全」だといわれた。腎不全用のドッグフードを勧《すす》められたが、何も食べず飲まず、昼は居間、夜は私のベッドの下で二か月ばかり寝起きして、ある夜、死んだ。あの昆布入り汁飯がいけなかったのか？　思うまいとしても思ってしまう。

私の胸には苛責《かしゃく》と後悔の暗い穴が開いたままである。自分の独断と冷たさへの苛責だ。冷たい飼主なのにハナの方は失望せずに慕ってくれた。

そのことへの自責である。

ある日、娘が親しくしている霊能のある女性からこんなことを聞いて来た。

「ハナちゃんは佐藤さんに命を助けてもらったっていって、本当に感謝していますよ。そしてね、あのご飯をもう一度食べたいっていってます」

そのご飯がその人の目に見えてきたらしい。

「これは何ですか？　なんだかグチャグチャしたご飯ですね？」

不思議そうにその人はいったとか。途端に私の目からどっと涙が溢《あふ》れたのであった。

覚悟のし方

私は新聞の「人生相談」の愛讀者《あいどくしゃ》である。僅《わず》かな字数の中に時代とそこに生きる人々の人生が垣間《かいま》見え、また回答者の回答にもその人の人となり、価値観、生きて来た軌跡のようなものがそこはかとなく窺《うかが》われて興味深い。

テレビのドキュメンタリーといわれるものには、それが「見せるもの」である以上、当然意図がありそれに伴う作為がある。制作側が強調したい意図に誘導されてしまい、時には「正確な事実」からは遠いものになっているのでは？と疑ったりしてしまうのがイヤである。

ある日の讀賣《よみうり》新聞にこういう相談があった。

二十代の看護師の女性が、二十歳年上の会社経営者と恋仲になった。「親子ほど年は違いますが、私のことを尊重し、応援してくれます」と相談者のS子さんは書いている。二人は結婚を考えており、S子さんは彼の晩年にオムツを替える覚悟も出来ているそうだ。

しかし彼女の家族は年の差を心配して反対している。彼の人柄や自分の気持を伝えようとしても耳を傾けてくれない。そのことを彼に伝えると「自分のことで申し訳ない」といってくれるという。今後、そんな家族とどのように折り合いをつければいいかという相談である。

人生相談を讀《よ》んでいつも思うのは、ああ私は人生相談の回答者にはとてもなれないなあということだ。ここに書かれているだけの材料で、この結婚に反対する家族への対応をアドバイスすることなんて、到底私にはムリだ。「彼」なる男性は二十歳年上。だとすると四十代である。四十代まで独身を通して来たのか？　だとしたらそれはなぜなのか。妻子がいるのか？　かつてはいたということなのか。そのへんのことをまず知りたい。二人の愛の前には、そんなことはどうだっていいでしょう、といわれるかもしれないが、そのへんのことを知ることによって私は「彼」についての乏しい情報をいくらかでも補って判断の元にしたいのである。

S子さんが、この結婚を家族が反対していることを話すと、彼はこういったという。

「自分のことで申し訳ない」と。

S子さんはその答え方で、彼が眞面目《まじめ》な謙虚な人物だといいたいのかもしれない。だが私は、

——自分のことで申し訳ない……

それだけかい？といいたくなる。

申し訳ないと思っているけれど、しかしぼくはぼくたちの愛を、どんなことがあっても貫くつもりだ、責任は持つ、とつづくのか、申し訳ないと思うけどねえ、うーん、ぼくは迷ってしまうんだ、とつづくのか、そこんところをハッキリさせてくれといいたくなる。

申し訳ない、申し訳ない、といいながら、借りた金を返さない奴がかつて私の知り合いにいた。「すまん」とか「申し訳ない」などと何べんもいうけれど、その後にいうべき肝心の言葉がない。「もう少し待って下さい」とか、「来月には必ず返す」とか、「すみません、出世払いにしていただけないでしょうか」とか……何もない。ただ「申し訳ない」と頭を下げるだけである。

「申し訳ない申し訳ないって、もう聞き飽きた！　つまりあなたには返す気がない。返せない。返そうと努力しない、そういうことなんだわ！　もういらん！　返してなんかいりません。意気地なし!!　私の前からさっさと消えてよ！」

短気な私はそういって何百万もの金を捨てたことがある。「短気は損気」と昔からいうけれど、私はこの短気のためにどれだけ損をしてきたか……。

つい昔の興奮が蘇《よみがえ》って、本題から逸《そ》れてしまいました。ごめん。

俗に「恋は熱病」とか「恋は盲目」とかいわれている。愛と恋は違う。愛は積み重ねて昇華して行くものだけれど、恋は燃え上ってやがては灰になってしまうものだ。

S子さんは今、恋の熱に浮かされている最中であるから、つまり「彼」の心のうちや人間性について見極めることが難かしい状態の中にいる。大切なことは、反対する家族との折り合いをつける方法を考えるよりも、彼の気持（覚悟）をはっきり見定めることだと私は思うのだが、それらを推察する材料がこの相談には欠けているのがもどかしく、あーあ、私は人生相談の回答者にはなれないなァ……つくづく思うのである。

そこで回答者の最相葉月女史のアドバイスを讀む。女史の回答はこうである。

「そこまで固い決意をされているとは、彼はきっと誠実で思いやりのある方なのでしょう。すぐにでも一緒になっていただきたいと思いました」

そういう書き出しである。

なるほど、そういう考え方もあったのか。S子さんがそこまで決意をするのは、熱病のせいではなく、彼の人間性の魅力にあると女史は断定されたのだ。

私は思う。そうかもしれないが、またそうではないかもしれない。いずれにしても「かもしれない」の範疇《はんちゅう》の話であって、断定は出来ないのである。しかしS子さんはこの回答を讀んで、苦悩の日々に一筋の力強い光が射し込んだような、嬉しい希望と勇気を得たことであろう。人を力づけ、勇気を鼓舞することは素晴しいことだ。それが本来あるべき人生相談の回答なのであろう、と思う。そう思いつつ先を讀む。

「がんばってください。ご両親が会ってくれるまで何度も彼に来てもらってください。あなたも一緒に許しを請うてください。あきらめずに何度も何度も、です。

結婚は折り合ってするものではありません。これまでご両親に向けていた愛情のすべてを彼に切り替えることです（中略）それほどの覚悟と勇気がなければ結婚するものではないのです。それでも彼と添い遂げたいというなら、一生、その意志を曲げないと誓ってください」

いや、これはむつかしい。私は思う。歳月は覚悟も勇気もなし崩しにしてしまう容赦ない力を持っている。私は九十年の人生でまざまざとそれを見てきた。恋も熱病である限りやがては熱は下ることも。それが人間というものであり、「生きる」とはそういうことなのだ。

といって私はこの結婚に反対はしない。

やがてこの熱病の熱が下った時にどういう事態がくるか、だいたい想像はつくけれど、「どうしても結婚したいのなら、すべての反対に目をつむって覚悟して進みなされ」という気持だ。しかし同じ「覚悟」でも最相女史のいわれる「一生意志を曲げない覚悟」ではなく、長い年月の間にやがて来るかもしれない失意の事態に対する「覚悟」である。たとえ後悔し苦悩する日が来たとしても、それに負けずに、そこを人生の夕ーニングポイントにして、めげずに生きて行くぞという、そういう「覚悟」です。それさえしっかり身につけていれば、何があっても怖くはない。私はそんなふうに生きて来た。そうして今の、九十二歳の私がある。自分がそう生きたものだから、そうして後悔などしていないものだから、ひとの相談も以上のような回答をしてしまう。

　それが私が回答者にはなれない理由です。

懐かしいいたずら電話

頭にかぶさってくるような曇天から、時々秋雨が落ちてきては気がつくとやんでいて、又気がつくと降っている。それが今日で三日目だ。家の中も表も静かだ。墓場のようだ。私は揺り椅子に腰かけてアクビばかりしている。

誰か来ないかなあ、電話でもかからないかなあ、と思う。あの頃はよかった。一日中誰かが来ていたり、電話がかかったり、その合間を縫って原稿を書くというあんばいで私は常に気が立って怒ってばかりいた。だが今となってみるとあの頃はよかった、と思えてくる。怒りは私の元気の素だった。特に活力を与えてくれたのが毎日のようにかかるいたずら電話である。身の上相談、グチ電話もあったが、多いのがエロ電話、無言電話であった。家中がそれにふり廻《まわ》された。呼び出し音が鳴っても出なければいいと人は簡単にいうけれど、もしかしたら友人からか、仕事先からかもと思うと出ないわけにはいかないのである。

「もしもし」と応答しても電話の向うは黙ったまま。切るとまたかかる。出ると沈黙。それのくり返しだ。

「バカヤロー、うるさいッ!」

と怒鳴れば却《かえ》って向うの思うつぼ。人を怒らせて満足するというヘンタイなのだから、何もいわずガチャン! と力任せに受話器を下ろして、電話に当るしかないのだった。

ある日、私は考えた。送話器の前で、ラッパを吹いてはどうだろう? と。力いっぱい吹き鳴らすラッパの音がテキの耳になだれ込んで、鼓膜を破る！　テキは「わーッ」と叫んで耳を押えてのたうち廻る——そんな場面を想像したのである。

娘が中学二年か三年の時だ。古いオモチャ箱に壊れたラッパがあったのを娘に探し出させて吹いてみた。ゼイゼイガーガー。喘息《ぜんそく》のじいさんさながら。鼓膜を破るところまではいかないにしても、不気味であることは確かである。今度、かかって来たらこれにしようと思い決める。それから更に考えた。ヤカンをスリコギで叩くのはどうだろう？　験《ため》しに古い大ヤカンを出して来て、力いっぱいスリコギで叩いた。ガンガンとうるさい。だが効果のほどはわからない。

そこで娘を表通りの公衆電話まで走らせた。私は電話の傍にラッパとヤカンとスリコギを並べて待ち受けている。間もなく呼出音が鳴った。受話器を取るなりラッパを吹いた。

ゼーゼー、ガーガー。

何ともいえない不快な音である。吹きやめて、

「どう？」

と娘に訊《き》けば、

「うーん、たいしたことないねえ……」

これはどうだ、とヤカンを叩く。

「どう？」

「どうといわれてもねえ。べつに……」

「ダメ？」

「そうだねえ。いったいこれは何の音だろうと思うくらいだわね」

「ふーん」

と私は気落ちした。

まったく、中学生の娘相手に何をしていたんだろう。私には何か事が起きると、「逃げてはいられない、戦わなければ」という気持がムラムラと湧き出てくるのだ。この闘争心によって私は今日までの苦難多い人生を生きて来たのだ。そう友達にいうと、

「闘争心は人の何倍もあることはよくわかるけど、それに伴う知恵がねえ……」

なさ過ぎる、と嘆息された。

あまりの無言電話のうるささに、ある日私は決心して警察へ行った。無言電話のために、日常生活がどんなに差支《さしつか》えているかをしつこく説明し、相手の正体を突き止めてほしいと頼んだのである。たださえ忙しい警察官は渋り顔だったが私は執拗《しつよう》にねばり、テキの電話番号だけ、やっ

と突き止めてもらえた。何とそやつは青森からかけているのである。私は勇躍して我が家へ帰ると、コートを脱ぐ間も惜しんですぐにその番号をプッシュした。三回ばかり呼び出した後、

「ハイ、もスもス」

と男の声が出て来た。こういう声の奴だったのか！　若いような、中年のような、暗くもなく明るくもないありふれた声である。

私、ダンマリ。

もスもス、もースもス、と声はくり返す。

私、ダンマリ。もスもス、もスもス……そして突然、電話は切れた。私は溜飲を下げ、勝者の静かさで受話器を下ろしたのであった。

それから何日か、暇を見てはそれを行った。一人暮しなのか、いつも同じもスもスが出てくる。そして無言電話はかからなくなった。私は被

害者から加害者に転じたのである。

　ああ、あの頃が懐かしい。あの頃は毎日が忙しく、元気横溢《おういつ》していた。こちらの血気が盛《さかん》だと、世間の血気が呼応してやって来るのだろうか。よい血気も悪い血気も先を争うようにやって来た。自分の父は佐藤紅緑で母は佐藤愛子であると思いこんでいる青年が現れたり、佐藤愛子と結婚する気で花束を持って来るオッサンや、白昼強盗という強烈なのから、不成仏霊なんてものまでやって来て、来る日来る日が賑《にぎ》やかに充実していた。

　しとしとと降る秋雨を眺めながらせめて無言電話でもかからぬものかと私は思う。当節は無言電話やエロ電話の話題さえも耳にしない。耳に入るのは「フリコメ詐欺電話」の被害ばかりだ。今年上半期の被害総額は百八十七億円とか。現代を襲う物質的価値観はついにいたずら電話にまで及んだのか。情けなや、いたずら電話も「実利」を伴わなければやらないということになったのだ。

かつてのいたずら電話を私は思い出す。

「もしもし、ボクネ、今、アソコ握ってるのよ」

と若い男の声。それに対して私の娘はこういった。

「そうですか。では握っていて下さい」ガチャン。

私も娘もこのテの電話にはついに馴れ親しんで、それなりに楽しむようになったのだった。

ああ、あの頃が懐かしい。

思い出のドロボー

昔、「あの人に会いたい」というようなタイトルだったと思うが、有名人が出演して「思い出の人」と再会する番組があった。小学校時代の恩師とか、遊び友達であるとか、憧れの人、可愛がってくれた隣家の夫婦など、忘れ難い人をテレビ局が探し出して会わせるという仕組みだった。

折にふれ私はそれを思い出す。あの番組があれば申し込んで探してもらいたい、と思うことがよくある。九十年も生きてくると思い出の数も多く、あの人はどうしているかしら、と思い出して会いたくなるような人は沢山いる。沢山いるが、しかし考えてみると、私が会いたいと思う相手は、恩師とか憧れの人とか困った時に力になってくれた有難《ありがた》い友達、誰もが褒め、感心した人物などというような、「麗《うるわ》しい」話題の人ではない。そりゃあ私にだってそういう思い出の人はいないことはないが、本音をいうと「恩師」といったってねえ、怒られたりニラまれたりした思い出ばっかりだから、会ったところでそう楽しいというものではないのだ。

私が会いたいなァ、どうしてるかなァ……と懐かしく思うのは、おおむね「ヘンな人」である。「あの人は」というより「あいつ」とか「あの野郎」とかいいたいような手合《てあい》である。その中に一人、十五歳の少女がいる。名前は忘れた。憶えているのは「小肥《こぶと》り」といってもポチャポチャと柔らかく太っているのではなく、「ぎっしり肉がついている」といった趣のずんどうの身体に、それにふさわしい大きな顔、短かい手足。

それに冴《さ》えないエンジのセーターに黒いズボンといった風体である。

彼女がやって来たのは、今年五十五歳になる私の娘が幼稚園に上るか上らぬかの頃のことだ。春のある日、突然通用門のチャイムが鳴って、手伝いのおばさんが扉を開けたら、彼女が立っていた。広島から今日、東京へ出て来たといい、佐藤愛子さんに会いたいといったそうだ。

彼女の母は原爆の被災者で、原爆病院にもう何年も入院していたのだが、数日前に死亡した。他に身内もなく、中学を卒業したものの行く先もなく仕事もない。担任の先生が心配して、東京に出て作家の佐藤愛子を頼ってみなさいといったので、やって来たという。担任の先生がなぜそんなことをいったのかわからない。なぜかと彼女に問うたが、「わかりません」というだけだった。

「仕方なく」というか「とりあえず」というか、私は彼女を泊めることにした。「来る者拒まず去る者追わず」は私の主義——というより私の「性《さが》」だ。先輩作家の平林たい子女史は困っている女性の味方で、顔の広いお方であるから、相談すれば何とかなるだろうと思ったのだった。

彼女（名前を忘れたのでそういうしかない）の身の上話は実に哀れなものだった。原爆で家を失った彼女は、原爆症で入院している母親のベッドの下で寝起きをし、母の食べ残した病院食を食べ、ベッドの下で勉強してそこから学校へ通っていたという。だが母が死んでしまった今は、病院にはもういられなくなったのだ……。手伝いのおばさんは庭の草ムシリを手伝わせながら、そんな話を聞いて泣いた。彼女は抑揚のない低い声で、訥々《とつとつ》とそういう悲しい話をする。その度に手伝いのおばさんは泣いた。

三日目だったか四日目だったか、彼女はちょっと出かけて来ますといって出て行き、間もなく息せき切って帰って来た。渋谷の人ごみを歩いていたら突如、担任の先生に出会った。先生は彼女を東京に出したもののどうしているか心配になっているところへ、いい働き口が見つかった。そこで広島から上京して彼女を探していたところだったという。よくまあ、偶然出会えたものだわね、よかった、よかった、と私たちは彼女のために喜んで、その日のうちに先生に会わなければならないという彼女に私は餞別《せんべつ》まで贈って送り出したのである。

それから何日か経った日、銀行からお金を下ろす必要があって私は預金通帳をとり出した。残金を確かめようと開いてみてびっくり仰天した。現在高ゼロなのだ！　確か三十万くらいはあった預金。我が家の全財産。それがスッカラカンになっているのだ。

やられた！

その瞬間、すべてがわかった。

キャツはドロボーだったのだ。嘘で塗り固めたドロボーだった。

ちょっと出かけて来ます、といって出て行ったのは、盗み出した預金通帳から金を引き出すためだったのだ。それを私は機嫌よく、

「ああ、行ってらっしゃい、気をつけてね」

などといって見送ったのだ！

キャツは難なく全金引き出して（というのも、抽出《ひきだ》しにハンコも一緒に入れていたので）金を懐に何くわぬ顔で「ただいま」といって帰って来た。そのまま逃げないで帰って来たのは、通帳とハンコを元へ戻すためだったのだろう。そのまま逃亡したのでは明らかにキャツが犯人だと決めつけられるが、元に戻しておけばキャツへの疑いは少し薄まる。キャツも怪しいが手伝いのおばさんも怪しい、ということになるだろうと、

小シャクにも考えたのだろうか……私がそう推察すると手伝いのおばさんは、「まあッ！」と叫んだきり、彼女の嘘の苦労話に泣いたことを口惜しく思い出していたのか暫《しばら》くウツロになっていた。

私のこの体験を聞いた友人は十人が十人ともに呆《あき》れ果てた。キャツの悪知恵に呆れたのではない。私の不用心さ——どこの何者ともわからない見も知らない女の子を泊めて世話をするつもりだった不用心、本棚の抽出しに銀行預金の通帳（ハンコまで添えて）をほうり込んでおいただらしなさ、嘘の数々を見抜けなかったアホさ加減などなどを呆れたのである。同情する人は一人もいなかった。「しっかりしてよ」という言葉を飽き飽きするほど聞いた。しかし手伝いのおばさんだけは、

「人から騙《だま》されるとも騙す人間にはなるな、と私はおじいさんからよく

いわれたものです。先生はご立派です」
と慰めてくれたのだった。

この話はここで終りではありません。以下次回。

思い出のドロボー（承前）

嘘つきドロボーにまんまとしてやられた後、我が家が漸《ようや》く平静をとり戻した頃、事件の際に顔見知りになった刑事さんがやって来た。

「つかまりましたか、あの小娘？」

思わず身を乗り出すと、

「いや、それが……どうもこみ入ってまして」

と苦笑して語ったのが次の話である。

嘘つきドロボー娘は私の家を出た後、不動産紹介所を経て、資産家の一人暮しの老婦人の家の間借り人となった。

自分は広島から来た者だが、高校を出て大学へ進学したばかりで、急に三和銀行で働くことになって上京して来た。三和銀行の頭取が自分の伯父さんで、大学なんぞへ行くより銀行で実地に社会勉強をせよと強くいわれてそうすることにしたのだといった。

老婦人はすっかり信用して、そういう確かな生れの人なら私も安心だと喜んで、いろいろ親切にした。彼女は毎日、老婦人の作ったお弁当を持って「行ってまいります」といって出かけて行った。夕方六時きっかりに「ただいま」といって帰って来る。

そのうちデパートからベッドやら鏡台、整理簞笥《だんす》に三点セットなどがぞくぞくと届いた。老婦人はさすが頭取の姪《めい》だけあって、ずいぶんお金を持っているのだなあと感心したらしいが、何のことはない、その元は私の家から盗んだ三十万円である。

そんなある日、彼女は息せき切って帰って来た。彼女が息せき切る時は次の行動に移る時であることは経験上、私にはわかっている。しかし老婦人は無論、何も知らないから心配した。彼女は目にいっぱい涙を溜《た》め、広島の母が突然倒れたという連絡が銀行に入った。頭取の伯父さんからとにかくすぐに行きなさいといわれて走って帰って来た。そしてこれからすぐに出発します、といって慌ただしく出て行ったのである。

ここで一幕が終って二幕目になる。場面は広島は江田島の漁師の苫屋《とまや》である。初老の漁師夫婦が土間で魚網の繕《つくろ》いなどをしている（ここは私のヘタなフィクションだが）。質素な身なりだが実直そうな面《おも》もちの二人だ。

そこへ突如、ベッドが送られてくる。何ごとかと驚く間にも鏡台、整理箪笥、三点セットと、ぞくぞくとやって来る。送り状を見れば、宛名はまさしく娘の名前。差し出し人は夫婦には未知の人である老婦人の名が書かれていて、それらの家具は丁寧に組まれた木ワクに納められているのである。

後でわかったことは、彼女が息せき切って帰って来て、すぐに又息せき切って出かけて行ってから三日して、老婦人のもとに彼女から手紙が来た。広島の実家に帰ったところ、母は意識を取り戻したものの寝たきりになり、介護する者が必要になった。そのため銀行も辞職し、もう東京には行けないので、自分の荷物は申し訳ないが送ってもらいたいという手紙である。

老婦人はいわれた通りに身のまわりの物や家具一切を荷造りして送った。すべて自腹を切って、である。せっかくの新しい家具が傷になってはいけないと思って、運送屋に丁寧に組んでもらった木ワクの代金まで老婦人が払ったのだ。

親は何が何だかわけがわからない。近所の人たちも集って来て騒いでいる最中にひょっこり彼女は帰って来た。そうして彼女は警察に連行された。なぜそこへ警察が現れたのか、私にはわからない。あまりの劇的な展開に呆気《あっけ》にとられ、私は刑事さんに質問するのを忘れたのである。あるいは彼女は私や老婦人のほかにも、嘘の才能を駆使してドロボーをくり返し、被害届が幾つも出ていて警察にマークされていたのかもしれない。

「それで父親は佐藤さんの親切を裏切るようなことをして申し訳がないので、盗んだお金を返すといって送って来てるんですがね」

刑事さんはそういって、新聞紙の包みを取り出した。それを一目見て、私は胸を突かれ声が出ない。反射的に、

「いや、いいです……いらない」

といっていた。

何というヨレヨレのお札。百円札やら十円札があったかしら。一円札もその頃はまだあったかもしれない。とにかく色とりどりの、シワクチャやらふちがめくれ上ったのやら、それから小銭もあったと思う。正直者の父親と母親があっちこっち駆けずり廻《まわ》って、頭を下げ、涙を拭いて借りて廻ったお金だろう。貸した方もそう豊かではない人たちだろう。金持ちはこんなお札は持っていないだろうから。そんなお金を、どうして受け取れよう！　私はこの金は我が家の蓄えのすべてであったことを忘れたのである。

「そうですか。そうしてやってくれますか」

と刑事さんはいった。日焼けした初老の顔はほんとうに嬉しそうだった。ああ、この刑事さんはいい人なんだなあ……。そう思うとなんだか私も嬉しくなって、私は三十万円の損失を忘れたのであった。

それにしてもあの娘はずいぶん手の込んだことをしてくれたものだ。母親が原爆症。その病院のベッドの下で寝起きをして、母の食べ残したご飯を食べて学校へ行った……。よく考えたものだ。渋谷で中学の恩師にひょっこり出会った。恩師は彼女のことを心配して、仕事を見つけて彼女を探していたところだった……よくもそんなあり得ない偶然をおめおめ信じたものだ、この私が。それはよかったよかったといって、餞別《せんべつ》まで渡したのだ、この私が。

思い出せばハラワタが煮えくり返る。しかしなんでそう簡単に騙《だま》されたんですかね？と刑事さんはいった。可愛い娘だったんですか？　いや、可愛いなんてものじゃない。サーカスの熊がね、スカートを穿《は》いて出て来たような子ですよ！　だからよけいに可哀そうに思っちゃったんですよ！　そう答える私の声は、屈辱と憤怒に震えたのだった。

「あの人に会いたい」というテレビ番組があれば、そうしてあの嘘つきドロボーの熊娘を探し出してくれるなら、テレビ嫌いの私でも喜んで出演するだろう。そうして彼女がどんなおとなになったかを見たいものだ。でなければ、部屋を貸した心やさしいかの老婦人に会わせてもらいたい。そして騙された者同士の感懐をしみじみ語り合いたいものである。

悔恨の記

アクセサリーなどの不用品があれば引き取らせていただきます、という電話が時々かかる。私は年寄りなのでそういうものはありませんというと、何でもいい、時計でも古靴でも着物でも、古本、陶器、何でも、と調子よくいう。もの馴れて感じのいい中年女性の声だ。いつも同じ人がかけて来ているわけではないのだろうが、いつかかって来ても落ちついていて親しみがあって、まるで同一人物のように似ている。これがこの道のベテランというものなのであろう。

私は物を捨てられない性分で、そのため納戸にはガラクタが詰っている。「これも何かの時に役に立つかもしれない」と思っては、捨てかけた物を捨てずに納戸に置くのである。

「おばあちゃん、紙袋がほしいんだけど」

と孫がやって来ると、

「紙袋？　大きいの？　小さいの？　何でもありますよ、さあ、さあ……」

と上機嫌。なに、リボン？　あるよ、ある、ある。太いの、細いの、赤、青、黄。よりどりみどりだよォ、とか、古タオル？　何にするの、雑巾ならコレ。台拭きならコッチ……などと張り切る。捨てずにおいたものが活用されるととても嬉しい。だから、不用の物は何でもいただきますといわれると、何かの役に立つならばとノリノリになって、では来て下さい、今日でも明日でも、といってしまうのだ。娘は顔をしかめて、「やめた方がいいよ。金製品はありませんか。キン、キン、とそれはしつこいんだから。古靴？　古本？　そんなもの引き取るわけないよ。私はもうコリゴリしてるんだから」

というが、私の耳には入らない。そういう人もいるかもしれないが、そうでない場合もあるだろう。とにかく当ってみなければ何ごともわからないよ、といってテーブルの上に古本を積み上げて待っている。やって来たのは電話の女性ではない。おとなしそうな若い男だ。

「ネックレスでもブローチでも何でもいいんですが、キンを使っているものはありませんか」

古本の山をチラッと見ただけだ。

「そんなものはありませんよ。古本でいいからというので来てもらったのよ」

「はあ……しかし、欲しいのはキンでしてね。今、キンはいい値で賣《う》れるんです」

「そうかもしれないけれど、そういうものはうちにはないのよ。私なんかの年代はね、指輪にしろネックレスにしろ、装飾というより財産という気持で買うものだったのよ。何かの時に賣って急場を凌《しの》ぐことが出来るような、それなりに高価な物を買ったの。数は少くても値段の張るものをね。今みたいに安物を幾つも買って取っ替え引っ替えつけるというようなことはしなかった。自分の力でお金を稼ぐことなんか出来なかった時代だから、いざという時に役立つようにと考えてね。非力な女の知恵ですよ。たしなみですよ。一つ一つに思い出が詰っているものだから、困ってもいないのに賣る気はしないの」

説明がだんだんお説教になって止らない。相手ははァ、はァ、と仕方なさそうに頷《うなず》いている。やっとお説教がひと区切りしたのを見て、「すみません、では」と立ち上ってお辞儀をする。なに、帰るの？　何も持たずに！　古本でもいいというからそのつもりで待っていたのに、見向きもしないとは怪《け》しからん！　積み上げた古本の上の一冊を取って、折角だからこれを持って行きなさい、とつき出せば、「はァ……」と途方に暮れている。

「お金はいらない。あげます！」

その剣幕にビビったか、「すみません、ではいただきます」と仕方なさそうに、いかにも気が弱そうに、お辞儀をして玄関を出て行った。その後、道へ出てから、

「チクショウ！」

叫んで本を叩きつけたかどうか、そこまでは知らない。私が与えた古本は宇野千代の「色ざんげ」だった。

その次にやって来た青年は、同じような経過の後、仕方なく古万年筆を二本持って帰って行った。その時は電話係の女性が「万年筆でも結構ですよ」といったのだ。

そうしてこの夏の終りのことだ。やって来たのは丸顔にイガグリ頭の、もの馴れていない素朴な青年だった。電話係の女性は例によって「何でも結構です、古茶碗でも古靴でもいただきます」といったが、それはこちらの気を惹くための出任せであることはもうわかっている。だから私は何の心づもりも不用品の用意もしていなかった。暇だったからどんなのが来るか、退屈凌ぎに会ってみようという気になっただけだった。だから上へは上げずに、濡《ぬ》れ縁《えん》に腰をかけさせた。

しかし相手の「キンはありませんか、キンは」というまるで台本の棒読《よ》みのような台詞《せりふ》を聞いているうちに、何かしら不用のものをひとつだけでも持って行かせねばこのままでは帰せないという思いが頭を擡《もた》げたのである。といって急には思いつかない。ふと冷蔵庫の水瓜《すいか》が思い浮かんだ。次々に貰って食べ切れず、家中の者が飽きて食べなくなって三日目の水瓜だ。しかしむざむざ捨てるのは忍び難く、かといって自分が食べるにはもはや無理が利かない年である。日に日に水気を失っていく水瓜。しかし捨てられない水瓜！

「あなた、水瓜好き？」

いきなり私はいった。返事も聞かずに立ち上って水瓜を持って来た。

「これ、甘いのよ、おいしいのよ。おあがんなさいな」

「はア」と彼はいった。

「水瓜嫌い？」

「いや、嫌いじゃないけど、今、ハラの具合がよくなくて……」

「いいじゃないの、若いんだから、ハラ具合なんて気にすることないわ。おあがり……」

「はァ、しかし……」

彼はいった。

「もし途中で便所へ行きたくなったら困るんで……」

「便所ならこの先にサミットがあるからそこのトイレを使えばいいわ」

我ながらムチャクチャである。だがその時はとにかくこのままムザムザと帰せないという思いと、水瓜を捨てたくないという思いが渾然《こんぜん》一体となって燃え上っていたのだ。その迫力に負けたか、彼はしぶしぶその一切を食べて帰って行った。律儀に「ご馳走さまでした」といって。

思い返すと胸が痛む。痛みながら、捨てずにすんだ水瓜を思って、「やった！」と勝利の気分だった。これは宿痾《しゅくあ》というべきか妄執《もうしゅう》というべきか、重症の捨てられない病だ。

それにしてもあの素直な青年のおナカは大丈夫だったかしらん。ゴメン。

懐旧の春

カレンダーの一月分を剝《は》ぎ取りながら、ハ・ハ・クションとクシャミをする。愈々《いよいよ》始まった、今年の春は早いねえ……かつて私のクシャミはこうして季節の廻《めぐ》りを教えるものだった。

いつ頃が始まりだったのか、はっきりしない。まだ花粉症という名称は生れていない頃だ。

「春先のハナ風邪」と私たちは呼んでいた。医学名がないくらいだから、治療の方法はなかった。クシャミだけでなく、水洟《みずばな》がひっきりなしに出る。涙もひっきりなしだ。ティッシュで拭いても拭いても出る。拭く尻からタラタラと出て来るさまはまるで底なしの泉を顔の奥に抱えているようだった。一日中、ティッシュの箱を抱えていた。鼻の下と目尻は赤くただれて、鼻孔と瞼《まぶた》のヒリつきは治る暇がない。

知り合いに物識《ものし》りを自任している占いのおっさんがいて、その人から治す手段として、「鼻から塩水を吸い込んで口から出す」というやり方を教えられた。あえて名をつけるとしたら鯨式鼻炎治療法というのだそうで、それ以外に治療法はないといわれた。事実、病院が出す薬は強い眠気がきて仕事に差支《さしつか》えるのだった。

仕方なく私は洗面器に塩水を作り、そこに顔をつけて鼻孔からズーズーと塩水を吸い込んだ。ただれた鼻孔、その奥、咽喉の方までが塩分に刺激されて、とび上るほど辛い……というのか痛いというのかもうわからない。咽喉を灼《や》きつつ流れてくるやつを急いで吐き出す。

「いっぺんではあきませんで。何べんもくり返してやらな、あかん」

と占い師のおっさんはいう。おっさんは大阪の人で、私の故郷も大阪であるから大阪弁は懐かしい言葉なのだが、こういう切実な場面では何だか妙にノンキで信用しかねるという気持になる。そう思いながらも、しかしそれ以外に方法がなければやるしかない。ズーズーと吸い込み、ペッペッと吐く、を私は眞剣《しんけん》にくり返したのだった。

花粉症という病名が生れたのはそれから暫《しばら》くしてからである。元兇《げんきょう》は杉の花粉でそれが春の西風に乗って飛散して人の呼吸器などの粘膜に作用するのだということだった。戦争中の国策でむやみに杉を増殖したためにこうなったのだと怒る人がいたが、だからといって、あちこちの杉山を丸坊主にしようということにはならなかった。私は相変らず鯨方式をやりつづけるしかなかったのである。杉花粉飛散の時期が終り、五月の声を聞くまでは。

一年経つとまた春は来る。まだストーブが必要だというのに、ハ・ハ・ハ、と鼻の奥がムズムズしてきて私は誰よりも早く春が近くに忍んできていることを感じ取っていたのである。

花粉症という病名が生れたということは、それだけ患者が増えてきたということだった。やっとお医者さんも本気になってくれたのだ。

そうして「春先のハナ風邪」から「花粉症」を経て、「アレルギー性鼻炎」といういかにも「本格的な病気」といった趣の病名がつけられ、お医者さんたちの本気度が窺《うかが》えて、私は希望を持った。遠からず孤独な鯨の道を歩かなくてもよくなるだろうと期待に胸を膨らませたのである。

そうして間もなく、専門の先生によるこんな意見を知らされた。

「かつての日本人の腸内には蛔虫《かいちゅう》などの寄生虫がたいていいた。そのおかげで花粉症なんてものは起らなかったのだ」

そういえば小学生の頃、月に一度、学校でカイニン草という、臭くて胃がでんぐり返りそうな薬草を煎じた飲物を強制的に飲まされた覚えがある。世の中にこんなひどい飲物があったのか、と泣いて暴れたくなるような味と臭いだった。それを飲むと蛔虫は死んで肛門から出てくる。何匹もの蛔虫がからみ合って、手毬《てまり》のようになったのが出て来た少年がいるという物凄い噂もあり、その少年は殆《ほとん》ど敵意に近い目で見られたくらいだった。

蛔虫は我々の敵ではあったが、その一方でよいこともしていたことがそのうちわかってきた。彼らはアレルギーの主役であるIgE抗体というやつを、人の腸内で戦って食ってしまっていたというのだ。昔は花粉症がなかったのは、蛔虫のお蔭だったというのである。当時の子供にハナタレが多かったのは栄養失調のためで（それも蛔虫が原因）、鼻の下に垂れている洟水二本棒と一緒に花粉は流れ出て、花粉が内へ入るのを防いだという説もあった。

となると私の花粉症を治すには、蛔虫の卵（というものが賣《う》られていれば）を飲んで腹中で育て、栄養失調になってハナタレ婆《ばば》ァになればいいということになる。しかしこの文明の進歩、経済成長して贅沢になり清潔が尊ばれ衛生第一になった現代ではそんな手段で花粉症を完治出来ないことは明らかだ。

そんな時、「花粉症は年を取れば治る」といって慰めてくれた若い友人がいた。その人の両親は共にひどい花粉症だったが、七十を過ぎてから二人ともぱったりと治ったというのだ。その時私は六十前半で、その時から「年を取る」ということが私の希望になったのである。

しかし七十になっても八十になっても一向に治らない。いったい「年寄り」とは幾つになることなんだ、といいながら、もう治そうとする気力もなく、花粉症を修行と考えて、ひたすら耐え忍んで八十代を過《す》ごした。

そうして去年のことだ。ついに九十の声を聞き、そして一年が過ぎて九十一歳の春が来た時、私は気がついた。春はとっくに来ているのに、何の気配もないのだ。ハ・ハ・ハクションも起らず涙も洟も出ない。花粉症は治ったのである。

よかったよかったと家の者は喜ぶ。これで静かな春を楽しめる。毎日、あのヤケクソのクシャミを聞くのはたまらなかったものね、などといっている声を背に、私は思い出す。あの時、友人はいった。花粉症が治るということは、もうアレルギー反応が起る体力がなくなったということらしいのよ……。

つまり私は完全婆ァになったということなのである。私は半分死んだのだ。棺桶に片足入ってる。そういうことなのだ！

ああ、今となってはうららかな春の朝の空気を震わせて、ハ・ハ・ハークション！　思うさまストレスをぶっ放していたあの頃がしみじみ懐かしい。

平和の落し穴

四十代の奥さんが飼犬と散歩中、犬が道端で糞《ふん》をした。そこを通りかかった男性が「そんなところで糞をさせるな」と怒った。奥さんは糞を持ち帰る袋を用意していたのだが、男の剣幕に呑まれて説明する間がなく、男は行ってしまった。それ以来、奥さんの頭からいやな思いが離れず、気持がざわついて、なかなか消えない。どう気持を整理すればよいか？

過日、そういう相談が新聞の「人生案内」欄に出ていた。

これを讀《よ》んだ時、私は思わず相談者の年齢を確かめた。そして「四十代」とあるのに思わず「うーん」と唸《うな》った。

連れている犬が道端でウンコをした。通りかかった親爺《おやじ》が文句をいった――。

それだけのことじゃないか。たったそれくらいのことで、「いやな思いが離れず気持がざわついて」その気持をどう整理すればよいかと、わざわざ葉書に書いて新聞社に送るとは……。

こんなことは昔は小学校の女の子が悩むことだった。子供から訴えられた母親は、

「そんなおっさん、気にしなさんな」

の一言ですませた。それでもメソメソしていると、

「この忙しいのに、何をぐだぐだいうてる！」

と叱られた。それで終る程度のことだった。だが相談を受けた識者の先生は、内心はともかく親切に力づけようとして知恵を絞って回答され

ている。仕事とはいえたいへんですなあ、と私は同情した。

ところがその次の週、同じ新聞の相談欄を讀んだ私は、またしても
「うーん」と唸った。

「三十代のパート女性。趣味で絵を習っている。そのグループの展覧会が開かれることになったので、友人たちに声をかけて、当日は来てくれるのを待っていた。だが当日、家族も友人知己誰一人来なかった。こんなことなら声をかけなければよかったと後悔し、それ以来落ち込んで空《むな》しくなり、絵は押入れにしまったままにしている……」

またしても私の頭に浮かんだことは、「年ナンボ？」だった。見れば三十代だというではないか。しかし回答者は憤慨の様子もなく、丁寧に答えておられる。私なら、

「来るというのに一人も来なかった。ソレが何なんです？」

で終るだろう。

今の人は皆、忙しいのだ。それぞれが自分の生活を大事にしていて、したいことをいっぱい抱えている。義理人情よりも、自分の都合を優先する自己チューが当り前という世の中だ。他人の絵を見ることに何かのメリットがあれば出かけるかもしれないけれど、どう考えてもたいした絵ではないと思ってる時は行かない。素人のヘタッピーな絵を見て、見た以上は何かお世辞のひとつもいわなくてはならない。それを考えるのも面倒《めんど》くさい、という人もいるだろう。しかしご当人は自分の絵に自信があるから、人の気持など忖度《そんたく》する余裕がない。来るのが当り前だと思っている。（もしもこの立場が逆である場合は、この相談者は萬難《ばんなん》を排してでも行くだろうか？）

——私の描く絵なんて、たいした絵じゃないしなァ。見たいと思わないのもムリないかも。

と思うことが出来れば、なにもそれほど「落ち込んで空しくなる」ことはないのだ。「絵は押入れにしまったままにしている」って?

絵に八つ当りしてはイカンですねえ。自分の産み出した絵、分身ともいうべき絵を、産み出した当人が押入れにほうり込んだままにしてはいけない。絵にも「魂」はあるのですよ。

私は一九二三年生れである。新聞の人生相談は私がもの心ついた頃からあった。当時「ねえや」と呼ばれた家事手伝いの人たちは、政治面や経済面は讀まなくても、身の上相談だけは熱心に讀み、その内容に一喜一憂して、エプロンの端で涙を拭いたり、励ましの回答に不満を洩《も》らしたり、ねえや同士で感想を述べ合って、意見の違いからしまいに喧嘩《けんか》になったりしていた。

その頃の相談といえば、夫の浮気や横暴、姑《しゅうとめ》の無理解、意地悪。男に騙《だま》された、処女を奪われた、妊娠させられ捨てられた、苦界に賣《う》られた、一方的に離婚させられた、などというもので、どの相談も男社会ゆえの不平等、理不盡《りふじん》の中に身を置かされた弱い女性の、涙ながらの相談ばかりだった。

そしてそれらの回答といえば、讀む前からもう答がわかっている。たいていが我慢、忍従を説き、気持を強く持って辛さを耐え忍び、誠を盡《つ》せば必ずや夫（もしくは姑）の心を動かしてやがては幸せな日々が来ます、というようなものが殆《ほとん》どだった。

そんな男とは別れてしまいなさい、とか駆け落ちを勸《すす》めるといった回答はなかった。女は弱く、自力で生きることは難かしい時代だった。女は男に扶養してもらう見返りとして夫と夫の両親に仕え従い、子供を立派に育てるという役割を当てがわれているという動かし難い社会の仕組みがあった。そんな男とは離婚してあなた自身の人生を歩めばいい、などといっても、「わたし自身の人生って？　どうすればいいの？」と困惑するばかりだったのだ。

現実的には人生相談はたいして役に立たなかったと思う。それでもか弱い女は無駄と知りつつも何らかの慰めを求めて、藁《わら》にも縋《すが》る思いで相談の葉書を出した。

そういう時代を経て、今がある。

男女は平等。女性は主体性を持って社会に出て働き、報酬を得て自立した人生を生きられるようになった。核家族になり姑との関係は「スープの冷めない距離」を置けるようになり、離婚は女の恥ではなくなって、新しい未来への出発点になった。思わぬ妊娠をしても必要に応じて処置が出来る。「私生児」という陰湿な言葉はなくなって、輝やかしい「未婚の母」という名称が生れた。夫の給料が足りなければ、自分で働いて補うことが出来るし、自分の金だから気がねなく遣える。

かくて日本女性は強くなったのではなかったか？

知的になったのではないのか？

主体性をしっかり身につけたのではないのか？

なのにこの人生相談は、これはいったい何なのだろう。自分の心の持ち方、感じ方まで他人に教えてもらわなければならないとは……。

私の友人はそんな私にいった。

「平和なのよ、要するに」

え？　平和がいけないい？　なるほどねえ。何の不足もない平穏な暮しの中では悩んで考えこむ必要がない。考えない生活からは強さ、自立心、何も生れない、生れるのは依存心ということか。

平和は有難《ありがた》いが、平和にもこんな落し穴があるのだなあ……と、私はやっと気がついたのであった。

老残の悪夢

テレビの音声と映像がずれて直らない。そのテレビを買った古いつき合いの電気店に電話をかけて相談したら、そういう故障は製造元が修理することになると思うので、本社へ連絡します、といった。

間もなく本社から青年が来た。説明を聞くか聞かないうちにリモコンをチョコチョコとさわる。あっという間にテレビのずれは直っていた。

「何かの弾みでここが押されたんですね」

と彼はリモコンの表側を押していった。

「それだけのことで？　なーんだ……」

思わずいった。その鼻先にさし出された紙切。

修理出張費　四千五百円。

——リモコンチョコチョコで四千五百円！

その金額は私の頭の中で渦を巻いた。しかしそれが決りの金額であることは、平然としている相手の態度で明らかだ。

本社から来て下さいと私は頼んだ覚えはない。私は馴染《なじ》みの電気屋の親爺《おやじ》に「何だか知らないけど映像と声がバラバラになるのよ」といっただけだ。そういえば今までなら、「わかりました。後で行きます」という返事が来たものだ。あるいはいちいち質問して、もしかしたらリモコンのボタンが押されたのかもしれないね、ちょっと押してみて下さいよ、とその箇所を教え、どうです、直った？　よかったね、アハハ、ですんだものだ。

それが勝手に本社へ連絡し、修理係がスクーターで走って来て、チョコッとさわって四千五百円！

「どうも！」

といって帰って行った。何が「どうも」だ。

ボヤいている私に、来合せたフリーライターのWさんがいった。

「今はすべて合理的に処理される時代ですからねえ」

「合理的？　これが？」

電気屋の親爺が丁寧に事情を聞いて、それならば、と思い当る処置法を教えてくれればそれが一番早道の解決法だ。それを合理的というのではないのか？

広辞苑を改めると、こうある。

合理――道理にかなっていること。

単純明快な答である。だがつづいてこうある。

合理化――むだを省き、目的の達成に好都合なように体制を改善すること。

その通りだ。だから本社から技術者が来たりしなくてもいいのだ、と頷《うなず》きながらさらに見ていくと……。

④労働生産力をできるだけ増進させるため、新しい技術を採用したり企業組織を改変すること。実質的には超過利潤獲得の一手段となる。

要するに、古い人情、習慣なんて無駄は捨てて本社から人を派遣すれば、チョコチョコさわって四千五百円の利潤獲得が成り立つということか！

「そういうことですわ……」

と時代の尖端《せんたん》を行く気鋭のライターW女史は、勝ち誇るように（と私には見えた）いったのであった。

毎年盛夏の二か月近くを私は北海道で過《すご》す。東京の家はその間、無人である。冷蔵庫以外の電源は門燈《もんとう》も含めてすべて落して出かける。にもかかわらず、昨年の夏、電力会社の八月の請求額は「八千円」だった。くり返すが四十日間、この家は無人である。鍵を厳重にかけて誰も入れないようにしてある。

なのに八千円。

私は漏電を心配して電力会社に連絡した。すぐ担当者が来た。見たところ二十代の感じのいい青年である。彼は私の説明を聞きながらメーターを調べたり、電源を見たり、八千円の請求書を睨《にら》んで首をひねったり、揚句《あげく》の果《はて》にいうことは、「電源、落したつもりで、ホントは忘れたんじゃないですか?」。

居合せた手伝いのおばさんはプリプリして、

「わたしが間違いなく切ったのよ！　この踏台を運んで、よいこらしょと上って切ったのよ！」

しつこくいい募っている。青年は「はあ、そう、ふーん」というだけ。どうやら彼は断乎《だんこ》として、八千円の使用料の落度責任は私の方にあるという結論にする使命を帯びているらしく、私とおばさんを質問攻めにし、とにかくもう少し様子を見て下さい、といって帰って行った。様子を見るというからには、請求金額も様子を見るのかと思っていたら、チャッカリ、八千円、銀行から引き落されていた。それっきり「様子見」はつづいている。何の沙汰もない。

それから（しつこいようだが）まだある。今度はファクシミリだ。私が熱を出して寝込んでいる間に、ファックスの用紙が盡《つ》きたので、誰か

（娘かおばさんか）が新しい用紙に入れ替えた。その入れ方が間違っていたのか、送られて来る通信が白紙のまま流れて山になった。そこでNTTへ相談の電話をかけたら人が来た。何のことはない用紙の入れ方が違っていただけであるから、修理費はいりません、出張費だけいただきますという。いいですよ、おいくら？　八千円。えっ？　八千円。またelse

だ！（我が家には八千円の呪いがかかっているのか！）いったいどんな遠くから走って来たというのだ！　しかしそれがキマリである以上は、文句はいえない。それが現代合理主義の仕組みなのである。そのキマリをどんな奴がどういう根據《こんきょ》で決めたのか、知らないままに従っている私たち。

なるほど、よくわかったよ。これが文明社会というやつなのだ。この非人間的な進歩に追いつく力を失った老いぼれは、とり残され文句をいいながら、無駄ゼニばかりを出さされるということなのか。

わかったよ。もうお前さんらの世話にはならないよ、誰が世話になったりするか、私は私で生きるよ！　イーだ……。

と顎突き出しても、さて、それからどうするか。蠟燭《ろうそく》と囲炉裏《いろり》の生活？　庭の木を伐《き》って薪造り？　だがその木は誰が伐る？　誰が運ぶ？　誰が割る？

エイ、面倒《めんど》くさい！　手っとり早いのは死んでしまうことだ。葬式なんかいらん。坊主もいらん。そのへんの川にでも捨ててくれ。なに、そんなことしたら、警察問題になって、捨てた娘は罰金を取られるかもしれないって？……もう知らん！　勝手にせえ！

死ぬに死ねぬ情けなさ。そんなところへファンと自称する女性からカマボコが送られて来た。

「佐藤先生。もっともっと百まで長生きして下さい」だと。

「何をいうか。人の気も知らず」

腹立ちまぎれにガブリと噛《かじ》れば、ゆるんでいた入歯がカポッと外れた。

いちいちうるせえ

いちいちうるさい世の中である。

昔は箸の上げ下ろしにうるさいのは佐藤愛子ということになっていたのだが、その佐藤が、

「いちいちもう！　うるさいなあ……」

眉を寄せて独りごちるようになった今日この頃はいったい、どういう時代なのだ。

ヴァイオリニストの高嶋ちさ子さんが、息子さんの「ニンテンドー3DS」を真っ二つに折って壊した。平日のゲームは禁止という決りを九歳の息子さんが破ったからだという。

その顚末《てんまつ》を高嶋さんが新聞のコラムに書いたところ、忽《たちま》ちネット上で大炎上した。それを「ゲーム機バキバキ事件」というそうだ。ネット上の大炎上とは「子供への虐待」「やり過ぎ」とか「子供の気持をわかろうとしない親はバカ」とか、「任天堂に謝れ」なんてものまであったらしい。なぜ任天堂に謝らなければならないのだろう。私にはよくわからないが、要するに当節は興奮すると味噌もクソもいっしょくたにして文句を楽しむ人がイチャモンをつけて溜飲を下げる趣味というか、生甲斐《いきがい》というか、いや、流行性の病のようなものというべきか。イチャモンつけの元祖である私でさえただ呆気《あっけ》にとられるばかりである。

高嶋ちさ子さんの気持、約束を守らなかった息子さんに腹を立ててゲーム機を二つに折った気持、私にはよくわかる。普通の母親であれば誰だってカンカンに怒る。それが母親というものだ。母親にとって子供は自分の血を分けた、切っても切れぬ分身である。こういう人間になってほしい、こういうことはしてほしくないと常に願っているのは分身ゆえだ。他人の子供ならば「あんなことしてる。しようがないねえ」ですむが、母親だから怒りに火がつく。怒るなといっても無理だ。それが母親というものなのだから。

親の感情を子に押しつけるな。
子供の自主性を尊重せよ。
親は権力者であってはならない。

などと、教育の専門家はいう。正論である。
しかし生身で子育てに熱を籠《こ》めている母親には、正論なんぞ右の耳から左の耳へ抜けて行く。自主性を尊重しろといわれても、そもそも自主性なんぞうちの子にはないのだから尊重なんか出来ません、という母親もいれば、子供の気持をわかれだなんて、ヒトゴトだと思って夢みたいなことといわんでほしい、子供の気持を思いやってたら、こっちの身がもたないよ、と怒る人もいる。男の子が三人いる子育てなんて、これは日々戦闘です、という人もいる。

俗に「鳶《とび》が鷹を産んだ」というが、それはたいした教育も出来ないような教育のない親なのに、子供は立派な人物になったことをいっている。それぞれの親からそれぞれの子供が育っている。こうしたらこうなる、ああしたからああなったというのは結果論であって、「親の心得」についてなんぞ、ことごとしく正論をぶったところでどうなるものでもない。親はしたいようにすればいい。するしかないのである。高嶋ちさ子さんがゲーム機を二つ折にしても私は、バカボンのパパのように、

「これでいいのだ……」
というだけである。

この騒ぎと前後して、ビーフカツに異物が混入した疑いがあるというので製造元が廃棄処分にしたものを、廃棄業者が横流しをしてそれがスーパーで安く賣《う》られていたという騒ぎがあった。そして例によって憤慨する声、心配する声が湧き上ったのだが、そのうち「値段が安いものに無考えにとびつく女性がいるのがイカン」と、女性の安物買いを批判する人が出て来た。そういわれれば、それは確かに正論だ、うちの女房を見てると、全くその通りだと共感するご亭主族も少くないということらしいが、それを聞いた大阪のおばちゃんが、

「正論もヘッタクレもあるかいな。そんなもん、安けりゃなんぼでも買

うがな」

という一言ではね飛ばしてしまったそうで、私は嬉しくなって思わず拍手をしてしまった。

安物にとびつく――。それこそ日本の伝統的な主婦魂というものだ。この主婦魂によってこの国の浮沈の歴史が支えられてきたのだ。豆腐一丁が十三円だった時代のこと、十円豆腐を賣る店があると聞きつけて、二キロの雪道を歩いて買いに行ったという友達の話は、私たちには涙が出るほどの美談だった。誰もが苦しい家計をやりくりして子供を育て家庭を守らなければならない時代だった。生活費の少なさを愚痴る暇があったら、十円豆腐屋へ雪道を歩くことを厭《いと》わないという哀しくも健気《けなげ》な(今はアホかといわれる)気持が「主婦魂」の根ッ子なのである。

異物が混入したらしいビーフカツの、その異物とはどんな物かと訊《たず》ねると、はっきりしないがプラスチックのカケラみたいなものじゃないか、という話だった。正体もよくわからない。混入したかどうかもわからない。「らしい」という話だ。「らしい」だけで廃棄するのか！　四万枚も！

しかしそれが文明国のなすべきこと、あるべき姿だといわれれば、そうですか、といって引き下るしかしようがない。

もしもプラスチックのカケラが混入していれば、口に入れると舌に触るだろうから、その時は吐き出せばいい、それだけのことなのに、もったいないねえ。大袈裟だねえ……などと、落ちぶれた主婦魂の持主たちはひそひそといい合うのみだ。

この頃のこの国を、やたらにギスギスとして小うるさく、住みにくくいちいちうるさく感じるようになっているのは、何かにつけて雨後の筍《たけのこ》のように出てくる「正論」のせいで、しかしそう感じるのは私がヤバン人であるためだということがここまで書いてきてよくわかったのである。

答は見つからない

広島県府中町の中学三年生の少年が、身に覚えのない万引をしたと記録され、高校への推薦を出せないと教師からいわれて自殺したという傷ましい事件が起った。万引があったのは二年前のことで、パソコンの入力時に間違って入力されたままになっていた。別人の万引が少年のしたことになっていたのである。

それを信じた女教師から、あなたは二年前にコンビニで万引をしてるわね、といわれた時、彼は「はい」と答えたという。なぜ、「はい」などといったのだろう？　万引は彼にとって寝耳に水の言葉である。なのに「はい」といった。「はい」といえば万引を認めたことになるのに。

「はい」ではなく「はァ？」だったのかもしれない。それを教師が「はい」と聞いてしまったのか？　何しろ二人だけの会話だからわからない。彼自身もわからないのかもしれない。頭が眞白《まっしろ》になって、とりあえず「はい」といってしまったのかもしれない。

この返事が少年の運命の岐路になった。教師はそれを事実と信じて、あっさり高校推薦は出来ないという結論だけを宣告した。ここで何らかの言葉をかけていれば（お説教をするにしても、慰めるにしても、こういう場合教師なら生徒に「何かいってやりたい」という気持になるものだろうに）、少年も本当のことを訴えただろうに。スピード違反を見つけた警官じゃないんだから、テキパキとことを運べばいいというものじゃないだろう。

少年は抗弁もせず泣いて無実を訴えることもしなかった。そうしたいと思う前に彼は絶望していたのだ。

——どうせ、何をいってもわかってくれない。

そう思っていた。もしかしたら、今の教育現場、教師と生徒との関係はそういうものになっているのかもしれない。

少年は親にも相談しなかった。何かの報道で、「相談しようと思ったが、親が忙しくしていてその暇がなかった」と彼がいったというのを見たが、ことは「忙しいから相談するのはやめておく」といったたぐいの話ではない。人一人の一生が決められてしまうような重大な問題だ。だが彼は眞実《しんじつ》を訴えたいという気持を捨てていた。学校の教師だけでなく、おとなというものにしらずしらず絶望していたのかもしれない。ふりかかってきた災厄に抵抗しようとさえ思わなかったのである。

何をしても無駄だ……

今更いってもしようがない……

思うことはそれだけだった。

少年の心のうちをそう忖度《そんたく》すると、私は可哀そうでたまらなくなる。そんな彼を「気が弱すぎる」「自分の正当を主張する力がなくてどうするか」などと批判する気持はなくなる。教師が悪い、親は何をしていた、などとしたり顔に、思いつき程度の批評をしてすませてしまえるような問題ではないのだ。彼が死んでしまいたいと思い、それから自殺を考え、それを実行するまでの心のうち、孤独のどん底でとつおいつした胸のうちを想像すると、誰に向けていいのかわからぬ悲憤に私は包まれる。

ああ、何という世の中になったのだ。教育論がとびはね、「子供の気持を理解しなければいけない」「自主性を認めなければいけない」などと空念仏を唱えて、それでわかった気になっている。したり顔の理論を口にしてそれを教育の要諦《ようてい》だと思っているうちに、本来ある筈《はず》の「情」が磨滅していった。

昔は「頭痛と自殺は子供にはない」といわれていた。私が小学校の時、「頭が痛いから学校を休む」といったら、「頭痛？　そんなもの、子供にあるかいな」と一蹴されて無理やり学校へ行かされた。算数の試験があるので仮病を使ったのだが、あえなく見破られたのだった。

子供に自殺と頭痛はないという通説は本当だったような気がする。つまり当時の子供は鈍感で暢気《のんき》だったということだろう。先生やお父さんは怖いものと決っていた。実際、先生やお父さんは子供をよく叱った。嫌いも好きもない、ただ怖い存在だった。子供の気持なんか何もわかってくれない、わかろうとしない人たちだと思うけれども、向うの方がエライのだから仕方がない。向うの方が正しいことをいっているのだと思い決めて、抵抗せずに従っていた。

頼りになるのは「お母さん」だった。先生に叱られたり喧嘩《けんか》で負けたりすると、お母さん目ざして走って帰った。そして涙ながらに訴える。すると、

「それはお前の方が悪い。先生が間違ったことをおっしゃるわけがない」

期待に反してお母さんは必ず先生の味方をするのだったが、それでも訴えたことで何となく気持が落ち着いて、傷ついた心は晴れたものだ。

昔の男の子たちはよく先生から殴られたり、廊下に立たされたりしていた。体罰が必要なほど当時の男子児童はエネルギーに満ちていて、「わるさ」が多かった。殴られても骨が折れたり熱が出たりしないのは、

年中どやしつけられたりはたかれたりして鍛えられていたからだろう。先生や親父さんからそんな目に遭っても、泣きはしても恨むことはなかった。すぐに忘れて、また叱られるようなことをしたのである。年中、子供に怒りながらも、親は可愛がった。子供のことが常に念頭にあったから、箸の上げ下ろしに怒ってしまうのだった。

毎日のように叱ったり叱られたりしながら、親子は密着していた。そこには「情」というものがあった。子供にだって「いっそ死んでやれ」とヤケクソになることがある。だがそんな時頭に浮かぶのは「自分が死んだら、父ちゃんや母ちゃんがどんなに悲しむだろう」という思いだった。兄ちゃんや姉ちゃん、喧嘩ばっかりしている弟やいつも虐《いじ》めている妹ともう会えなくなる、弟はやっぱり泣くだろうか、妹は、おばあちゃんは、隣りのおばさんは……などと思いが広がっていくうちに、死ぬ気は夢のように消えてしまう。私にもそんな経験が何度かあった。

過去のどの世代も、今ほど結構な子供時代を過《す》ごしてはいないというのが、私たち長老組の感想である。長老の一人は——

「とにかく小学校の給食にデザートがつくんだからねェ……」

と忌々《いまいま》しがっている。我々が毎日食べていたお弁当はどんなものだったか。カロリー、栄養、そんなものクソくらえという弁当だった。なにしろご飯の眞中に梅干が一つ入っているだけの弁当を「日の丸弁当」と称して、文句もいわずに食べていた。

今は運動会だというとお父さんお母さん揃って応援に行く。お父さんは写真を撮りまくり、お母さんは華やかに作った弁当を広げる。子供を喜ばせるために、だ。子供の誕生日にはケーキに蠟燭《ろうそく》を立て歌を歌う。

子供を喜ばせるために。

そんなふうにしてもらいながら、子供は親に黙って突然死んでしまう。なぜ親と子の間にこんな隔絶が生じたのだろう。どの親も一所懸命に子供の教育に心を砕いているのに。

どうすればいいのでしょうと問われても、私には答えられない。

「人間というものはつくづく難儀に出来ているものなんですねえ」

そう嗟嘆《さたん》するのみである。

テレビの魔力

三月二十三日、テレビ朝日で「橋下×羽鳥の新番組始めます！」を見た。橋下徹といえば何年前になるか、テレビのバラエティ番組で軽いノリでふざけていた黄色いサングラスの若手弁護士だったのが、突然大阪府知事になり大阪市長になり、大阪の行政のドロ沼を引っ掻き廻《まわ》していいたいことをいい、したいことをして日本中の注目の的になって何年か、そのうち政治というものに失望したのか、飽きたのか、そのへんの事情は私なんぞにわかるわけがないが、この度再転身して民間人に戻り、弁護士業を再開するのかテレビタレントになるのか、一擧《いっきょ》一動が人の目を惹く人物である。

その人が「日本の未来を眞剣《しんけん》に考えてトークを交わす」という番組に出るというのだから、私は興味をそそられた。ゴールデンの三時間番組であるから、さぞかしたっぷりと今、日本が抱えている数々の問題について語られるのだろうと、(このところテレビ番組に期待など持ったことのない私であるが) 久しぶりに期待を膨らませてテレビの前に坐《すわ》ったのであった。

まず始めに橋下氏と羽鳥アナウンサーとの挨拶代りの短いトークがあり、それから早稲田の街を歩く二人の姿が現れたのは、二人ともに早稲田大学の出身者だからである。私はやや退屈した。早稲田という街はゆかりのない者にとってはたいして面白い街ではない。ここで四年間の青春時代を過《すご》した人にとっては懐かしい思い出のある所だろうが。

どうやら橋下さんの学生時代はそうヤンチャなものではなかったらし

い。まあ普通の学生だったようだ。「酔っ払って落っこちたドブ川」とか「喧嘩に負けて逃げ込んだ交番」とか（私の兄などは交番のおまわりさんの留守に隙を見て、柱時計を盗んで逃げた、なんてわるさをやって喜ぶ不良だった）、「通い詰めたコーヒー店の出戻り美人は今は……こうなっていた！」とか、その程度の「これが青春だ！」といえるようなエピソードでもあればいいのだが、「食堂のチャーハンの味が昔と変っていない」という程度の思い出では、私のような刺激の多い人生を生きて来た者には気の抜けたサイダーを飲まされるといった感じだった。

「日本の未来を真剣に考えるトーク」というのはまだかまだか、と苛立ち加減になってきた頃、やっと七人の論客が登場した。その一人ずつが「今の日本のおかしいと思うこと」を開陳して残りの人たちが議論をするという仕組みである。まず皮切りに橋下さんが問題提起をした。

「若い女性がピアスを耳に、それも一つではなく二つも三つも開ける。それればかりか、鼻やヘソにまで開けるとはなにごとか」

私は我が耳と目を疑った。

しかし論客たちは一向に驚いたふうもなく次々に発言し、司会の羽鳥アナウンサーの指示に従って手もとのボタンを押せば、頭の上に「おかしい」「おかしくない」のパネルが上る。

呆気《あっけ》にとられている私の目の前で、論客の問題提起が進んで行く。

「バスタオルというものはお風呂に入って綺麗になった身体を拭くのだから、洗濯を毎日する必要はないのではないか」

これが「日本の未来を眞剣に考えるトーク」だというのか！　町内会の寄り合いの茶飲み話じゃないんだよ！

しかしこの発言はおそらくテレビの構成者によって考え出され、出演者は否も応もなくいわされたものであろう。発言する人たちの胸中はいかばかりか、と思いつつ、それにしてもよくもまあ、こんなに愚劣なことを考え出せるものだと、呆《あき》れるのを通り越して感心してしまったくらいである。

当節は人が顔を合せると「この頃のテレビはつまらないねえ」といい合うのが挨拶代りになっているが、それはどうやら制作にたずさわる人たち（構成作家？ プロデューサー？ ディレクター？）の「視聴者は他愛のないことを喜ぶ」という思い込みのためだろうと私は考える。

例えば「中国の脅威への心構え」とか「マスメディアへの注文」とか「アメリカ大統領選への感想」少し砕けて「トランプというおっさんをどう思うか」でもいい。ヘソピアスやバスタオルの洗濯回数よりは中身が濃いと思うのだが、この国の大衆はそういうことに関心がない愚民である、と思いこんでいるかのようだ。失礼じゃないか。

それにつき合わされる出演者こそたまったものではなかろう。テレビ局のスタジオに入るとその時から出演者はテレビスタッフのいいなりになる。出演を了承したからにはそれが当り前のことだと局側は思いこんでいるので、その思い込みの力に出演者は負けてしまう。スタートに着いたランナーのようになる。スターターに文句はいえない。橋下さんは毒気を抜かれたか、借りて来た猫のようだった。私はそう感じた。

数日後、週刊誌でこういう記事を見た。

「橋下徹は賞味期限切れ？

ゴールデン特番が視聴率９％」

そしてテレビ記者はこんなことをいっている。

「改めて橋下さんが東京では数字を持っていないことが証明された……云々《うんぬん》」と。

何をいってる。番組の失敗は構成者が視聴者をナメていたせいではないか。なにが賞味期限切れだ。そんなことを考えるよりも、自分たちのいい加減な構成力を反省した方がいい。

それにしてもテレビはなぜそんなにエライのだろう？

テレビは人間を操り人形にしてしまう。人の抵抗力を失わせる。

その力はどこから来るのだろう？

番組収録後、橋下さんが、

「これで視聴者が興味を持つのかなあ？」と首を傾げた、
と週刊誌が報じているのを見て、私は思った。

「これで視聴者が」の「これで」は本当なら「こんなもので」といいたいところだ。「こんなもの」の「こんな」には、「愚劣な」という言葉が透けている。私ならハッキリそういっているところだ。

しかし橋下さんはこんなことがあったからといって、テレビ出演をやめたりはしないだろう。

もう今頃は、何もかもすっかり忘れて、次の企画に乗っているかもしれない。

私なりの苦労

ある雑誌のインタビュアーが来て、開口一番、

「人生で最も大切なことは何でしょうか」

と訊《き》く。

私は困った。言葉が、というより考えが何も出て来ない。私のようにひたすらがむしゃらに生きて来た人間は、日々、ものごとを深く考えて総括しながら暮しているわけではないのだ。しかし世間の人は作家であるからには、常に何かを考えて答を持っている「すぐれもの」（？）だと思って……いや、ホントはそんなこと思っちゃいないんだけれど、ボールを投げればそれなりに打ち返してくる便利な手合《てあい》であると思ってい

るようで、簡単によく考えないで、出任せの質問を投げてくる。だが作家にもピンからキリまであって、私のようなキリになると、打席に立つとめったやたらにバットを振り廻《まわ》すヘボバッターのように当てずっぽうをしゃべるのだが、その当てずっぽうがたまにヒットになったりするものだから、インタビュアーの方も、じっくり球種を考えずに気楽に投げてくるのだ。

人生で最も大切なことは何かって？

簡単にいうな、と怒りたくなる。私はいつもふざけているようだけれど、芯のところでは眞面目《まじめ》で眞剣《しんけん》な人間である。ふざける時も眞剣にふざけているのだ。軽く返事が出来る時と、じっくり考えて答えなければならない場合との区別はこれでも心得ているつもりである。

人生で最も大切なことは？と訊かれて、「愛です」「感謝です」などとすぐに答えるような芸当は私には出来ない。眞剣に、深く考えないから簡単にそういうことがいえるのだろう。質問する方も簡単に気楽に訊いているから、それで納得した気分になる。それで円滑に事が進む。今は何ごとも手っとり早く事が進むのがよいとされている時代であるから、こういう考えないインタビュアーが生れるのだろう。

私は九十二年の人生をあと先考えずに生きて来たもので、そのために次々と災難を引き寄せてきた。誰のせいでもない、そんな私の性《さが》が引き寄せる災難であるから、どこにも文句のつけようがない。夫が悪いとか親のせい、誰それのせい、あいつに騙《だま》されたなどといいたくても、どう考えても私の我儘《わがまま》や協調性のなさや猪突猛進の性のために降りかかった苦労であることは明らかであるから、恨むなら自分を恨めということになって、仕方なく諦める。反省して諦めるのではなく、あっさりすぐに、諦めるものだから、懲りずにまた同じ過《あやまち》をくり返す。人生いかに生きるか、なんて考えたこともない。その場その場でただ突進するのみだった。

そんな私がどうして「人生で最も大切なことは」などとしたり顔でいえるだろう。

ある時、女性のインタビュアーが来た。なかなか愛想のいい、インタビューに馴れた顔つきの美人で、前にも一、二度会ったことがある。

「今日は佐藤先生に叱られそうなテーマを持って伺いました」

といってにっこりする。

「よろしいでしょうか。あの、佐藤先生がいよいよこの世から去って行かれる時……ごめんなさい。失礼なことを申し上げて」

「つまり『死ぬ時』、ですね？　それが何？」

失礼もヘッタクレもあるかいな。人間は皆死ぬのだ。死なない奴はバケモノだ。

「ごめんなさい。その時、その最期の時にですね、好きなものを食べるとしたら、何を召し上りたいか。それを伺わせていただきたいんです」

「そんなもの、何もないです」

今でさえ食べたいものなんか何もないのだ。死ぬ時に食べたいものがあるわけがない。

「そう仰言《おっしゃ》るだろうと思ってましたけど、バカげた質問のようですけど、でもそのお答でお人柄が垣間《かいま》見えるのがとても興味深いんです。食通で有名な方が『おにぎりに大根の味噌汁』と仰言ったり、『四ツ星レストランのヴィシソワーズ』といった方は女優さんですけど」

「もうすぐ死ぬのだから、星の数なんてどうだっていい」と私は思うのだが、「いえ、死んでしまうから四ツ星なんです」といわれると、「はァ、そういうもんですか、なるほどね」というしかない。

私はこのテの話題がニガテである。いっても意味のないことはいいたくない。くだくだしい挨拶もニガテである。挨拶は一言でいい。

「うちの弟はホカホカの石焼芋が食べたいっていうんですよ。そうしましたら祖母が、『そんなものはダメ。のどに詰るがな。あかんあかん』って」

私は笑った。ばあさんが出て来て話に実が入った。こういう話なら好きなのだ。笑っていると、チャンスと見たか彼女は「それで……」と食い下って来た。

「で？　佐藤先生は？」

と攻めてくる。仕方なく口から出まかせ、「イモッケ」と答える。

「イモッケ？　何ですか、それは……」

一見コロッケに見えるけれど、ヒキ肉は入っていない。じゃが芋を茹《ゆ》でて潰して握って揚げたものです、と説明する。私の貧乏時代、夫の会社は常に潰れる寸前だがしかし潰れない、という日々のこと。家計は私の原稿収入でまかなっていたけれど、小説を考えながら晩ご飯のおかずも考えなければならないのが腹が立ち、夫に向って何が食べたいかを訊くと、返ってくるのがいつも「何でもいいよ」だった。私ばっかり働かせて……それくらい考えなさいよ、と怒ると、彼はこう答えた。

「そういうけどさ、じゃあヒレカツがいいとかまぐろのトロ、なんていったら怒るだろ」

確かにその通りだから黙って引き下って、そしてイモッケを考え出した。娘と夫と三人で二個ずつ。来る日も来る日も食べつづけていた。イモッケというのはその時にヤケクソで考え出したネーミングである。

「まあ！　なんていいお話でしょう！」

と美しいインタビュアーは大きな眼を瞠《みは》っていった。

「それで、最期に思い出のイモッケを食べたい……バッチシ、記事に重みがつきますわ。感動的ですわ……」

なめらかな声がそういうのを聞きながら、私は心の中で呟《つぶや》いていた。

——イモッケなど、誰が食べたいと思うかい！

私の今日この頃

暇なので見るともなくテレビの前に坐《すわ》っていると、孫がやって来た。

「おばあちゃん、あのね……」

用件をいいかけて私の顔を見、

「どうしたの？」

という。

「何が？」と私。

「お腹でも痛いの？」

テレビに向けている私の顔は、どうやら腹痛を怺《こら》えているような渋面になっているらしかった。

テレビはバラエティをやっているのだが、何をいっているのかさっぱりわからないから、わかろうとして私は集中しているだけだ。バラエティというと「気らくな日常感」を出すべきとでも思っているためだろうか、出演者は一様にリラックス調でペラペラと早口にしゃべり立てる。身体を乗り出して、食い入るように画面を見つめれば、ワーッキャーッと客席の若い女性たちが大揺れに揺れて笑っているのだがその笑い声のほかに出演者の言葉は何も聞えない。

「なにがおかしい！」

うるさいな、とついムッとする。腹イタ顔はそういうなりゆきで生れる顔らしかった。

「女性セブン」でこの連載を始めたのは一年前の四月からである。その三回目に私は「老いの夢」と題して、私の耳が「二十代の人の半分しか聞えていない」とお医者さんにいわれたことを書いている。それから約一年経ったこの頃は、「二十代の半分」どころか、七、八割は聞えていないという状態になっていることは、わざわざお医者さんに診てもらわなくてもわかるのである。

テレビだけではなく、人との対話や電話の声もひどく聞きとりにくくなっている。一年前は若い女性の細い早口の言葉が聞きとりにくかったのだが、今は老若男女、全般になっている。

聞えるのは地声の大きい人で、そういう人と話をした後は、

「あの人はエライ。声に気力が籠《こも》っている。今に偉くなる人です!」

などと褒めそやす。

中には「この頃、耳が遠くなっていまして」とあらかじめことわりをいっているにもかかわらず、平気で小声をつづける人がいて、

「あの人はダメ。出世しない！」

と決めつけて憂さを晴らすという情けなさ。


家の者は補聴器をつけたら、というが、補聴器は人の声ばかりでなく、まわりの雑音まで大きく聞えるから煩わしくてたまらないという人が少くないので、そんな思いをするくらいならこのままでいようと思い決めた。


聞えないのに聞えているフリをした方がましである。人が笑うのを見て、(おかしくなくても) 一緒に笑うとか、沈んだ顔つきを見て、一緒にしんみりするとか、聞えていなくても、

「はァ〜ン、そうなんですか。なるほど」

と相槌を打つとか、とにかくいつもの仏頂面をやめてニコニコして頷《うなず》

いていれば、だいたいのつき合いはそれですむ。

「でも、相手の人は質問しているのに、ニコニコして『なるほどねえ。そうなんですか』なんていうと困るんじゃない」

と孫はいったが、困るのは先方で、こっちはべつに困らないよ、と答える。つまり私はヤケクソになったのだ。


ああ、長生きするということは、全く面倒《めんど》くさいことだ。耳だけじゃない。眼も悪い。始終、涙が滲《にじ》み出て目尻目頭のジクジクが止らない。膝からは時々力が脱けてよろめく。脳ミソも減ってきた。そのうち歯も抜けるだろう。なのに私はまだ生きている。

「まったく、しつこいねェ」

思わず呟《つぶや》くが、これは誰にいっているのか、自分にか？　神さまにか？　わからない。

ついに観念する時が来たのか。かくなる上は、さからわず怒らず嘆かず、なりゆきに任せるしかないようで。

ものいわぬ婆《ばば》ァとなりて　春暮るる

おしまいの言葉

二十五歳で小説なるものを書き始めてから今年で六十七年になります。私の最後の長編小説「晩鐘」を書き上げたのは八十八歳の春でその時はもう頭も身体もスッカラカンになっていて、もうこれで何もかもおしまいという気持でした。今まで何十年も頑張ってきたのだから、この後はのんびりと老後を過《すご》せばいいと友人からもいわれ、自分もそう思っていました。

ところがです。愈々《いよいよ》「のんびり」の生活に入ってみると、これがどうも、なんだか気が抜けて楽しくないのです。仕事をしていた時は朝、眼が醒《さ》めるとすぐにその日にするべき仕事、会うべき人のことなどが頭に

浮かび、

「さあ、やるぞ！　進軍！」

といった気分でパッと飛び起きたものでした。しかし「のんびり」の毎日では、起きても別にすることもなし……という感じで、いつまでもベッドでモソモソしている。つまり気力が籠《こも》らないのです。

仕事をやめれば訪ねて来る人も急に絶えます。大体が人づき合いのいい方ではないので、自分の方から人を訪ねようという気もなく、それよりも気の合った人はみな、「お先に」ともいわずにさっさとあの世に行ってしまって、ちらほら残っている人はやれ脚が折れたとか、癌《がん》らしいとか、認知症の気配がある、などというありさま、誰とも会わず、電話もかからず口も利かずという日が珍らしくなくなりました。

娘一家が二階にいるけれど、向うには向うの生活もあり、階下のばあさんがどうしているか、生きてるか死んでるか、浴槽に死体になって浮かんでやしないかなどと心配するような孝行娘ではないので、用事がない限りは降りて来ない。といって、こっちから二階までエッチラオッチラ安普請のむやみに段差の高い階段を上っておしゃべりをしに行くほどの話題といって別になし、お互いに見飽きた顔ではあるし、それにあまりに長い年月、私は仕事一筋に明け暮れていたため、生活のリズムが普通ではなくなっていて、従ってソッチはソッチ、コッチはコッチ、という暮し方が定着してしまったのです。

週に二日、家事手伝いの人が来てくれるほかは、私は一人でムッと坐《すわ》っている。べつに機嫌が悪いというわけではないのだが、わけもなく一人でニコニコしているというのもヘンなもので、自然とムッとした顔になるのです。本を讀《よ》めば涙が出てメガネが曇る。テレビをつければよく聞えない。庭を眺めると雑草が伸びていて、草取りをしなければと思っても、それをすると腰が痛くなってマッサージの名手に来てもらわなければならなくなるので、ただ眺めては仕方なくムッとしているのです。

そうしてだんだん、気が滅入ってきて、ご飯を食べるのも面倒《めんど》くさくなり、たまに娘や孫が顔を出してもしゃべる気がなくなり、ウツウツとして「老人性ウツ病」というのはこれだな、と思いながら、ムッと坐っているのでした。

「女性セブン」のKさんが訪ねて来たのはそんな時でした。用件はエッセイ連載の依頼です。

連載？　週刊誌の連載といえば締切は毎週ではないか。

それは今の私には無理だと思いました。

「もう私も九十歳すぎましたからね。これからはのんびりしようと思ってるんですよ」

一応、そういいましたが、その「のんびり」のおかげで、ウツ病になりかけているんじゃないか、という思いが頭の隅っこにパッパパと明滅したのでした。

そんなこんなで隔週ならば、という条件で書くことになったのですが、タイトルの「九十歳。何がめでたい」はその時、閃《ひら》めいたものです。ヤケクソが籠っています。


そうしてこの隔週連載が始まって何週間か過ぎたある日、気がついたら、錆びついた私の脳細胞は（若い頃のようにはいかないにしても）いくらか動き始め、私は老人性ウツ病から抜け出ていたのでした。

私はよく讀者《どくしゃ》から「佐藤さんの書いたものを讀むと勇気が出ます」と

いうお便りを貰います。書くものはたいしたものじゃないけれど、「勇気の素」みたいなものがあるらしいんですね。しかしこの秋には九十三歳になる私には、もうひとに勇気を与える力はなくなりました。なくなった力をふるい起すために、しばしば私はヤケクソにならなければなりませんでした。ヤケクソの力で連載はつづき、そのおかげで、脳細胞の錆はいくらか削れてなくなりかけていた力が戻って来たと思います。人間は「のんびりしよう」なんて考えてはダメだということが、九十歳を過ぎてよくわかりました。

女性セブンさま。有難《ありがと》うございました。

讀者の皆さま、有難う。ここで休ませていただくのは、闘うべき矢玉《やだま》が盡《つ》きたからです。決してのんびりしたいからではありませんよ。

二〇一六年　初夏

佐藤愛子

単行本未収録集

『九十歳。何がめでたい』連載スタート前。『晩鐘』刊行時のインタビュー

「作家としての私はこれで幕が下りた」

一人の女性作家のもとに、離婚した夫の訃報が届く。ともに青春を過ごし、事業の失敗で自分に多額の借金を背負わせたあげく去っていった男は何者だったのか。作家は、古い記憶をたぐり、思いをめぐらす――

二〇〇一年に発表した『血脈』で、佐藤さんは父佐藤紅緑、兄サトウハチローと、一族に流れる「荒ぶる血」を描いた。「最後の小説」という本書で書く対象に選んだのが、夫だった作家田畑麦彦である。出会いから別れ、その後の人生までが『晩鐘』では描かれる。

倒産劇と離婚のことは、一九六九年に直木賞を受賞した『戦いすんで日が暮れて』でも書いた。「この経験をもとにバルザックのような大小説を書くつもりだった」のに、注文を受けて五十枚の短編を書き、「やがて時が来たらば、もう一度書けばいい」と思ったことが文庫本のあとがきに記されてい

る。

　その時が来た。

「私はわりと元気なものですから、自分の年を意識することがなかったんです。それが三年前、珍しくぼんやりしていたら、ずいぶん前に尊敬する古神道の先生から、『佐藤さんは九十歳まで生きますよ』と言われたのをひょいと思い出したんですよ。

『じゃあ、あと二年しかないじゃないか！』ってびっくり仰天しましてね。このまま便々と死ぬわけにはいかない、って意識したら、自分の中にたゆたっていた思いが形になって出てきたんです」

　人生を「総ざらい」するつもりで書き始めた。夫の残した借金を返すため、書いて書いて書きまくる作家生活だったから、締切のない小説を書くのはプロになって初めてだったという。

「気がつけばみんな死に、残っているのは自分一人、という思いを書き残しておきたかった。私が死んだ後で、もし本にしてくれるところがあれば出してもらえばいいし、なければないで構わない、と原稿を娘に託しておくつもりだったの。書くことで、残りの二年を埋めようという気持ちでした」

資産家の息子に生まれ、不自由な足を抱えて生きてきた元夫「畑中辰彦」の人生をたどりながら、合間に年老いた作家「藤田杉」が亡き恩師にあてて書く手紙を挿《はさ》み、手紙の中で彼女の思いが綴られる。

この構成を見つけるまでは書きあぐね、何度も書き直した。自信が持てずに、たまたま来宅した編集者に読んでもらったところ、雑誌連載、出版という運びになった。「あなただけに読ませるから誰にも言わないでね、と頼んだのに、彼、裏切ったのよ」と佐藤さんは苦笑するが、その人が裏切ってくれてよかったと思う。

文学仲間として知り合い、二人は結婚するが、辰彦は新人賞を受賞した後に事業を起こして失敗、妻だけでなく、従業員にまで多額の借金を背負わせる。「ぼんくら」「詐欺師」と罵る人がいる一方で、落魄《らくはく》した晩年の辰彦を「神様」のように思って慕う人もいた。

小説の中で、莫大な借金を返そうと孤軍奮闘する杉を、作家仲間が「結局は惚れてるってことなんだろう」と結論づける場面が出てくる。

「遠藤周作さんたちが集まったとき、実際にそういう話が出たそうです。私はあとから聞いたんですけど、普通の人ならともかく作家がそんな簡単な言葉で片づけるなんて。『貴様ら、それでも作家か！』と言いたくなりましたよ（笑い）」

なぜ、あなたはそんなことをしたのか。倒産で迷惑をかけた人たちに、どんな思いでいるのか。

答えの出ない問いを繰り返してきた佐藤さんは、小説の中でもわかりやすい回答を用意しない。

「辰彦によって勉強したのは、人間、ひと色ではないということですね。いろんな要素が集まって人のかたちになっている。彼がこういうことをしたのは足が悪かったから、子供のころ甘やかされて育ったから、なんて分析してもしょうがない。結局、人間というのは、わからないまま受け入れる以外ないんです」

〈およそ人間ほど高く育つものはない。深く滅びるものもない〉。小説の辰彦が口にする、ドイツの詩人ヘルダーリンの言葉を実証してみせるように彼は生きた。

〈ぼくはカタワだよ……現実というものがわからない〉というのも、二〇〇八年に亡くなった、元夫が実際に言った言葉だそうだ。

彼に、自分の失敗を「書かれる苦痛」はなかったのだろうか。

「ぼくみたいな男が書かれているんで、ぼくじゃない。あれは杉の作った人間だ、って辰彦が奥さんに言うのも、実際に彼が言ったことです。そういうものにこだわらないところに、私も最初、これは大きな人物だと錯覚したんですけど」

怒り、呆《あき》れながらも、杉が辰彦に向けるまなざしは温かい。『血脈』のときにも感じたことだが、佐藤さんは、つまりヘンな人間が？

「好きなのよ。私には、お話をつくる才能はないけど、人が気づかない、人間の隠れた面白さを見てとる才能はあるの。こんな分厚い小説を書けたのも、私の周りにヘンな人ばっかり集まってきたおかげですよ」

飽きもせずに集まっては話し続けた仲間のあの人もこの人も逝ってしまった。小説を、深い寂寥《せきりょう》が包む。

「川上宗薫ならここで大笑いするところだな、と思って、ハッと気がつくと相手はもういない。一緒に喜ぼうと思う私の気持ちのやり場がないんですよ。そのときの寂しさって、言うに言えない。これは経験しないとわからないことですね」

その底なしの寂しさを、感傷に流されず、背筋を伸ばして見つめる杉の姿勢は、佐藤さんに重なる。

若い頃師事していた詩人の吉田一穂から、「女に小説なんて書けるわけないよ」と言われたことがある。

「客観性がないということですね。女はいつも自分が正しいと思っているので。それからは客観的にものを見るように努力してきました。だから『私みたいな女房がいたら、夫が優しい女に魅力を感じるのももっともだ』という思いもあるの。客観性が身についてしまったのね」

書き上げた原稿を読み返したとき、「辰彦がヘンな男だというのを書こうとしたけど、杉も負けず劣らずヘンな女だなあ」と思ったそうだ。

「そんな発見をする作家ってあんまりいないと思いますね。少しは自分でもわかっていたつもりだけど、ここまでおかしいとは思ってなかった。書くべきことは書きつくして、もう空っぽになりました。作家としての私は、これで幕が下りたんです」

長い作家生活の終わりを、さわやかに、きっぱりと宣言した。

（取材・文／佐久間文子）

素顔を知るための一問一答

Q1 最近ハマっていることは?

何もないわね。半分、死んだようなものですからね、九十になったら(笑い)。死んでるのか生きてるのかわからない芋虫を、針でちょいちょいと突いたら刺激でぴゅっと跳ね上がる、毎日のようにインタビューを受けている今は、そういう状態です。

Q2 好きなテレビ番組は?

テレビもつまんないですね。昔はクイズ番組に一般の人が登場してそれなりに面白かったんですけど、今は何かというとお笑いの人が出てきてもう見飽きました。『相棒』だけ欠かさず見ています。

Q3 最近面白かった本は?

桜庭一樹さんの『私の男』。自然描写がすばらしくうまいですね。感心しました。

Q4 最近気になるニュースは?

特にないですけど、東京オリンピッ

クを見たくないから、その前に死にたいです。人工的な街に変わってしまって、それまでの東京でなくなるような気がしますから。

Q5 最近イラッとしたことは？

ないです。エネルギーが根絶やしになったのか、『晩鐘』を書いてから怒らなくなりました。

Q6 健康面で気になることは？

腱鞘炎が持病で、時々お医者さんで注射してもらってもたせていましたが、『晩鐘』を書き終えたら急に中指が動かなくなって。「もう書くのをやめろ」という神様のご意志なんじゃないかと思います。

Q7 一日の過ごし方は？

『晩鐘』を書き上げるまでは午前七時に起きて、十時には書斎に入ってました。午後三時五十五分に『相棒』の再放送が始まるまで書いて、『相棒』を見るために仕事をやめる。そこでサンドイッチや何かをお昼ご飯の代わりにつまむんです。夜は、『報道ステーション』が終わったらお風呂に入って寝るので十二時半か一時ぐらいです。

Q8 リラックスする時間は？

今はだから一日中リラックスしていて、これは非常に不幸な状況です。これからはのんびりなさってくださいとよく言われるんですけど、のんびりってどうすることかわからないんですよ。したことがないから（笑い）。温泉でもって、温泉って入ったらいつ出ればいいの？　順番がわからないの。洗って温まって出るのならうちのお風呂と同じでしょ。

Q9 趣味などもないんですか？

そう、本当に仕事人間だったから無趣味なんですよ。朝七時ごろ目覚めると、今日はあれを書こう、昨日書いたあそこのところを直さなきゃ、って、その日することをいろいろ思って、「いざ出陣！」とぱっと起きるんですが、『晩鐘』を書き上げてから「いざ出陣！」にならなくて、目が覚めても起きるきっかけがない。そりゃあ活気がなくなりますよね。

それを人はのんびりというのかもしれないけど、のんびりなんてろくでもない生活です（笑い）。

（「女性セブン」二〇一五年二月五日号）

怒濤狂乱の日々を綴ったエッセイ

大声という病

十二月十七日の朝日新聞に「二〇一六年の自分に合格点をあげる？」という記事があった。合格点をつけた人は56％で「いいえ」の人は44％である。

合格点とは何点なのかがわからないが、要するにこの一年に満足した人が半分以上いるということは結構なことというべきだろう。「満足」の中身はわからないけれど。

そこで私の二〇一六年はどうだったかと考えてみると、これは合格なのか不合格なのか何ともいえない。よくわからないのである。

女性セブンに連載していた「九十歳。何がめでたい」が終って出版されたのが八月である。八月九月は私は北海道でのんびり過《すご》していたから、まあまあ文句のない日々であった。九月三十日に東京へ帰って来たら、その翌日から怒濤狂乱に巻き込まれる（「怒濤狂乱」はいささかオーバーではあるが、九十三歳の老いた身には、訪ねて来る人や電話やファクシミリの数が倍加しただけで、怒濤にモミクチャになるイソギンチャクになったように感じるのだ）といった日々になった。怒濤のもとはというと「九十歳。何がめでたい」がバカ賣《う》れしているということなのである。

本来、私は本が賣れない作家で、だいたいが初版でオシマイ。思い出したように僅《わず》かな増刷が一回、あるかなきかというのが実情で、それに馴れて今日まで満足して安らかに過してきた。だからいきなりこういう騒ぎになると居心地が悪くてしようがない。

「どうしてこんなに賣れるんでしょう?」

と訊かれるが、「さあ? 買った人に聞いて下さい」と答えるしかない。例えば曾野綾子女史などはミリオンセラーの常連であるのに、泰然自若、何の騒ぎも起っていないように見受けられる。なにゆえ私だけがこんな目に遭わなければならないのか、とインタビュアーの一人に訊くと、「曾野先生は別格です」とさらりといわれた。つまり横綱は連続優勝して当り前。今更誰も驚かない。しかしパッとしない小結が勝ち進むとその珍らしさに大騒ぎになる——そういうことらしい。

「九十歳。何がめでたい」を単行本にして賣り出してくれた小学館のKさんは、はじめの頃は言葉少なな控えめな人だった。それが本が増刷されるにつれて次第に元気が溢《あふ》れて男っぷりが上ってきた。

「三万増刷です」「四万増刷です」と報告してくる声が躍動している。

しかしこの私めは、何となくゲンナリして、「そうですか、はーん……大丈夫？　そんなに刷って」モゴモゴといい、とってつけたように、「それは有難《ありがと》う」という。増刷がかかるとインタビューやらテレビ出演やら対談やらの仕事が雨後の筍《たけのこ》のように増えて来る。

この秋、私は九十三歳になった。あの世へ行くのも、もう間もなくという年になってそういう日々は無理だ。若い頃はこれくらいのことは苦もなくこなしたが、今は心身共に衰えの一途を辿《たど》っている。もう何もいらん。何も欲しくない。ただただ静かに暮したいだけだ。

しかし訪問者はみなこういう。

「お元気ですねえ。とてもお年には見えません」

元気に見えるのは声が大きいためなのである。昔から大声で知られていたが、肉体のあちこちはすべて役立たずになり下っている。（脚、腕、膝から力が抜け、耳は聞えにくく視力は衰え、歯は残すところ何本あるのか、数える気もなく、そうして何より大事な脳《のう》ミソはもはや古びたレンコンさながらスカスカだ）

なのになぜか、声だけは大きいのである。人の印象はどうやら声で決するらしく、人から「お元気ですねえ」といわれるのは、むやみに声が大きいためなのだった。私の声を聞いた人はみな、勝手に元気だと思いこみ、遠慮もなく、アレやコレやと仕事を持ち込んでくる。仕事を断るにはなるべく弱々しく、聞きとりにくいほどの声を出せばよいのである。だが悲しいかな、はじめは病人さながらの小声で応答していたのが、気がつくといつの間にか朗々たる大声になっている。

若い頃、私はよく母からいわれたものだった。「お前はその短気のために身を滅ぼすことになるよ」と。今は思う。この大声のために身を滅ぼすことになるんじゃないか。そう思いながらいつか大声になっている。大声。これは多分、私の「病気」である。

「わたしは九十三なのよ、わかる？　九十三という年はどんな年か。戦中戦後の苛酷な時代を生き抜いて来た九十三歳よ。もうヨレヨレよ、どんなヨレヨレかわかりますか？」

ヨレヨレヨレヨレヨレといいながら、自分の声が朗々と響き渡っているのに気がついて、愕然《がくぜん》とする。これでは相手の人は、私が断るための嘘をついていると思うだろう。生来せっかちの私は、

「エイ！　めんどくせえ。引き受けてしまえ」

とヤケクソになるのである。そうして毎日のように人に会ったり、しゃべったり、書いたり、腹を立てたりする日々がつづくようになった。いったい気が強いのか、弱いのか、さっぱりわからないと家の者は呆《あき》れ

る。私も一緒になって呆れている。

そんなある朝、新聞を讀《よ》んでいると、ところどころ文字がかすんで見え辛くなっていることに気がついた。こすっても洗っても治らない。小さな文字を見るのがいけないのかも、と庭に目を向けたが、樹木の重なりがやはりまだらにしか見えない。そのうち視野の一隅にキラキラ光る金色の鋸《のこぎり》の歯のようなギザギザが現れた。

「どうしたんだろう？」

まず最初にそう思った。それから、

「ついに来るものが来た」

と思った。いつかはこうなると思っていた。こうなる……つまり佐藤愛子一巻のオワリだ。

どうすればいいのか、温めるのか、冷すのか、わからない。木曜日でお医者さんはどこも休診だ。仕方なくベッドに仰臥《ぎょうが》して、目を閉じていた。こうなったらもう、なるようになれ、だ。その時、パッと頭をよ切った想念がある。

「しめた！」

これでもう何もしなくてすむ！ すると急に胸が明るんで、

「ざまあみろ！」

何に対しての「ざまあみろ」だかよくわからないがそう思ったのだった。

翌日、眼科医の診察を受けに行き、目そのものはどこも悪くないが、過度の疲労のために脳神経のどこやらに変調を来したために起った現象であるといわれた。治療法は別にない。ただ疲れないように注意しながら生活して下さい、「もうお年なんですから」といわれた。その最後の厳しい口調を、マスメディアの連中に聞かせたかった。

後日、私はやって来たKさんにいった。

「こんなに疲労しないように生活しなければダメですっていわれたわ、もう年なんだから、って」

そして、思わずアハハと高笑いしたのは、「どうだ、わかったか」という勝ちほこった気持からである。しかしKさんはそうですか、といい、そうして何も聞かなかったかのように、この原稿を注文した。

「わたしはもうヘトヘトだといってるでしょう！」

その声を弱々しくしなければならないのに、つい大声だったのがいけなかった。

それで今、これを書いている。

（「女性セブン」二〇一七年一月十九日号）

旭日小綬章受章記者会見
「こんなことでよろしいのかしら」

二〇一七年春の叙勲で、佐藤愛子さんは旭日小綬章を受章した。それに当たって開かれた会見には、佐藤さんの〝喜びの声〟を聞こうと多くの記者が集まったが、想定外の爆笑問答となった。

第一報は、文化庁から佐藤さんの自宅に届いた一本の電話。二〇一六年八月に『九十歳。何がめでたい』を刊行以来、数多《あまた》の取材依頼に応える「怒濤狂乱の日々」がようやく落ち着いた春分の頃のことだった。

記者会見はまず、受章の報を受けた時の気

持ちを佐藤さんがユーモアたっぷりに明かした——

「突然、お電話をいただきまして、まぁ、途方に暮れたというのが正直なところです。私どもの年代までの物書きというのは、大変エゴイスティックな仕事の仕方をしておりまして、自分のために書くという、そういう書き方をしてきているものですから、面白いことを書いたとしても、読者のために面白く書こうっていうんじゃなくて、自分が面白いから、それを表現したいという、そういう欲求だけで書いているんです。

だから、すべて自分のためにやったことで、別に世のため人のために力を尽くしたわけでもありませんのに、そういうことでご褒美をいただくというのは、何とはなしに忸怩《じくじ》たるものがございまして。これはちょっとどうなのか、こんなことでよろしいのかしらという、そういう思いがとてもありました。だから、ご辞退した方がよろしいんじゃないかと一度は思ったりもしましたけど、まあ、結局はお受けすることになりました。

私の兄にサトウハチローという詩人がおりまして、あれは何年前でしょうか、だいぶ前に、やっぱり、似たような勲章をいただいております（一九六六年に紫綬褒章、一九七三年に勲三等瑞宝章を受章）。私たちはあまりしょっちゅう行き来するというような仲のいい兄妹じゃなかったんですけれど、その時に、いきなり電話がかかりまして、『おーい、愛子、おれは勲章をもらっちゃったよ』って。ものすごく喜んでいるものですから、私は思わず『まあ、昔、浅草で鳴らした不良少年が勲章をもらうようになったの。えらい時代になったもんだわね』って言ったんです。兄は何か面白いことを言って返してくるかと思いましたら、まともにムッとしまして。兄はそういうことを非常に厳粛に、名誉に受け止めているんだなと。私はどこまでいっても野人なんだなと、その時、思ったんです。

で、その不良少年が勲章をもらうとはえらい時代になったもんだと思いましたが、その不良の妹がまた、言いたいことを言い、書きたいことを書いて、辺りをはばからずに生きてきて勲章をいただくとは、兄が勲章をいただきました時よりも、もっとひどいことなんじゃないかなという、そういう思いでおります。それが正直なところです」

——今回の受章を真っ先に報告したのは誰で、どんなやりとりでしたか？

「報告って別に、もう友人も身内もみんな私のような歳になりますと、死に絶えてしまいまして。独りぼっちで暮らしておりまして、孫や娘が家の二階におりますけれども、別にわざわざ二階まで駆け上がって報告するということもありませんので、どういうふうにしたのか忘れましたね（笑い）」

——では、伝えた時の、身内のかたからもらった言葉は、もう覚えていないですか？

「うちの娘や孫も私の血を引いておりますし、私が育てておりますものですから、ふ〜んと言っただけでした」

——勲章を受けると決めてから、ご自身の作家人生を振り返って、改めて思うことはありますか？

「私はもうとにかく、一所懸命に生きざるを得ないような、いろんなアクシデントが次々に起こってくる人間でございまして。それに対応するためにすべて力いっぱい当たらなければならない、その都度、やってきたものと戦うという姿勢で生きていますので、ちょっと今度は困りました。戦うという場合じゃありませんので、慣れていないものですから」

――では、やはり戦うということが執筆のモチベーションだったということですか？

「まあ、そういうふうに生きたいと思ったんじゃなくて、そうせざるを得なかったという、そういう人生でした」

――これまで書いた作品の中で、ご自分で一番思い出に残っている、または大事に思っている作品は何でしょうか？

「私が自信を持っている作品というのはあまり世間に評価されていないものが多いものですから、今申し上げても、おそらく読んでおられないと思います」

――タイトルを教えていただいてもよろしいですか？

「『オンバコのトク』（一九八一年）という百枚ばかりのものがあるんですが、

そのタイトルでは本が出ておりません。何かに収録されているという、割に粗末に扱われている作品です」

――九十歳を過ぎて書いた『九十歳。何がめでたい』がベストセラーになっていますが、そのことについてどんなふうに受け止めていますか?

「いやあ、不思議というか、一体これは何なんだっていうような、誰かに教えてもらいたいという気持ちです。別に特に新しいことを考えて書いたわけじゃありませんし、昔から憎まれ口のようなことは、もう私の定番になっておりますのに、何で今更という感じがしておりましてね。

だから、今の人たちは昔のように率直でなくなって、何かしら思ったことをあまり言えないで、こう言えばこう言われるんじゃないか、こういうことを言うとまたうるさいんじゃないかっていうことを考えながら生きている人たちが多くなっているところに、言いたい放題言うのが現われたから、珍しく感じられたのかなと。それぐらいしか思い当たりませんけど、変な時代ですね。そう思います」

――一九五〇年に『文藝首都』の同人になって以来、これまでたくさんの小説やエッセイを書いてこられましたが、どうして長く書き続けられたと思いますか？

「だって、それは、書くこと以外にできることが何もないんですもの。本当に無能なんですよ、すべてのことに。で、書いているわけです。別に努力して書いているわけじゃなくて、書きたいから書いているっていうことですね」

――人生を振り返って、若い人に伝えたいことはありますか？

「いやあ、私の人生を伝えたって何の役にも立たないと思いますから」

――誕生日は十一月五日と十一月二十五日と、どちらが正しいんでしょう？

「五日なんですけれども、どこでどうなったのか、戸籍の上では二十五日というふうに記載されてしまいまして。それで私の母が『産んだ私が五日だって言うんだから、これほど間違いないことはない』って言って怒りましたけれども、役所の方で、いったん二十五日って入ったからには直せないっていうふうに言われるので、しょうがないから、二十五日にしていますが、本当は五日です（笑い）」

――『九十歳。何がめでたい』には読者からのたくさんの葉書が届いているそうですが、読者に一言伝えるとしたら？

「編集部に届いているので、私の方にはあんまり届いてないの。どういうものが届いているのか、まあ、ちょっと担当のかたが持ってこられていましたけれど、正直言って、あまり読んでないんです」

――何か一言だけでも、いただければと……。

「うーん、困りましたね。何を言おうかしら。私のものを読んで、勇気をもらったっていうのが割に多いんですよね。そして、佐藤さんのように私も生きたいっていうふうに書いてらっしゃるかたも多いけれども、普通の人が私のように生きたら、とんでもない人生になりますから、それはおよしになった方がいい、反面教師として読んで下さいということですね」

――これまで書き続けてきたことに対して、亡くなったかたも含めて一番感謝

していらかたがもしいらしたら、教えていただけますか？

「私の人生を作って下さったかたは何人かいらっしゃいますけど、書き続けてきたことは私の勝手ですからね。まあ、出版社が注文を下さったことに対してお礼を言わなきゃならないのかもしれませんけれども」

——では、人生の方でいうと、どなたでしょう。

「それは何人かいらっしゃいますね。例えば吉田一穂さんという詩人がおられまして、吉田先生のところに初めて伺った時に、連れて行った人が『先生、この人は詩じゃなくて小説を書こうとしているんですよ』と言いましたら、『そうか、しかし女には小説は書けないぞ。なぜなら女っていうのはいつも自分を正しいと思っているからだ』って、一言そういうふうに言われました。それが私が書く上で、客観性を持たなきゃならないという基本になりました」

——これまでいろんな賞を受賞されてきたと思いますが……（と、ここで質問を遮るように佐藤さんが答えて）。

「いやあ、そんなにもらってないですよ」

――では、これまでも受賞した賞があると思いますが、今回の受章はこれまでのものと比べて、重みや意味の違いはどんなふうに感じますか？

「大変申し訳ないんですけれど、旭日……何ですか」

――小綬章です。

「もうどういう章なのか、私、よく知らないんですよ（笑い）。世間の人もあんまりご存じないんじゃないかと思うんですけれど、紫綬褒章とかいろいろありますからね。だから、どんなに重みがあるのか、軽いのか重いのか知りませんよ、私は」

――そもそも『晩鐘』（二〇一四年刊行）を書かれた後に、「もうこれで出し尽くした」とおっしゃった。しかし、その後書かれたエッセイが今、これほど売れています。まだまだ書けるものがあるのではないかと期待してしまいますが。

「いやあ、それが自分でもよくわかりませんで。『晩鐘』を書いた後はもう、私の胸の中にあるものを総ざらえで出した、出し切ったと思ったものですから、もうないと思っていましたの。そうすると、私はできることが何もないものですから、毎日ぼんやり過ごしていると、だんだんうつ病みたいになってきたんですよ。そこへちょうど『女性セブン』からお話がありまして、それを書き始めたら元気が出てきて、うつ病も消し飛びましたので、やっぱり、私は書いていると機嫌がいいんだなということがわかりました。

だから今は、連載も終わりまして、何も書いてないんですけれども、この後、どうなるかわかりません。頭もだんだん衰えていますしね、体もあちこち悪いところがありますから、多分もうおしまいじゃないかなという気がします」

——生涯現役は目指さないんでしょうか？

「その生涯がもう目の前に終わりが近づいておりますので」

——ご自身のために書いていることが、読者からものすごくありがたく受け止められて、たくさんの感謝の声が届くということについてもう一度……。

「だから、本当に世の中っていうものは面白いものだと思いますね。私は昔、憎まれていた作家なんですよね。ああ、また佐藤愛子はこんなことを、下らんことを言っているっていうふうにね。でも、それしか言うことがないから書いていたわけで、そうすると今度、それが何か褒められるというふうになりますと、私自身は変わってないんですよ。相手方が変わっているだけでして、だから、時代っていうものは面白いものだなというのが私の感想です」

——兄・サトウハチローさんが今、生きているとしたら、今回の受章に関してどんな言葉をかけますか？

「『ごめん、私ももらっちゃった』って、そう言うしかないですね」

——これまで『血脈』（二〇〇一年刊行）や『晩鐘』などの小説の中で、父・紅緑さんや兄・サトウハチローさん、元旦那さんや身の回りの人のことを書いてこられましたが、それはどうしてですか？

「私は、小説を書くっていうのは基本的に人間を書くことだというふうに思っていますので。そして、フィクションの才能ってあんまりないものですから、お話を作っていくということができないので、その人間の面白さとか悲しさとか、そういうふうなものを書きたいという欲求がずうっとあるんです。

それで私の身内も、それからかつての夫なんかも、何で普通でない人間が集まったんだろうと思うように、よく言えば個性的で、悪く言えばヘンテコな人間の集まりでして。若い時は、なかなかそれを理解できず、許すことができなくて、いろいろ批判しておりました。だけど、もっとよく理解したいという、その欲求ですね。だから結局、人間を理解するっていうことは、身内は細部にわたって見ていますから、一番理解しやすいんですよ。遠くにいる人はなかなかわかりにくいから的はずれになって、勝手な思い込みで書いてしまう場合もありますけども、肉親の場合はわかりやすいので」

——佐藤さんの小説は読んでいてとても面白い、人間の滑稽さもたくさん出てきますが、それは意識されているところですか？

「これは佐藤家の家風だと思いますね」

——先程、時代が変わったという話がありましたが、ずっと変わらずにい続けるのは逆に難しい気もします。佐藤さんが変わらずに書き続けられた秘訣は？

「秘訣っていうか、それが私にとっての自然なんですよ。鼻歌を歌うようなもんですよ（笑い）。昔、大工さんが柱をカンナで削りながら、いわゆる流行歌というか、そういうものを歌いながら削っている。あれは何で歌うんだろうと、私は子供の時によく思ってましたけれど、やっぱりあれはそういう気分なんですね。だから、私も気分で書いているんですよ。

こんなことを書いちゃいけないんじゃないかとか、これを書いて人の役に立とうとか、人の心を鼓舞しようとか、そんなことじゃないんです。鼻歌を歌うように書いているの。だから、それほど書くことは苦しいわけじゃなくて、苦しくても二、三日我慢していれば、自ずから出てくるという、そういう書き方をしていますので。そんな立派な作家じゃないですから」

——**『九十歳。何がめでたい』で〈人間は「のんびりしよう」なんて考えてはダメだということが、九十歳を過ぎてよくわかりました〉と書いていましたが、受章を機に新たに思うことはありますか？**

「だって、私はもう九十三歳ですよ。これから先だって、あと半年か一年か、まあ、せいぜい三年生きればいいわけですから。だから、どうなるのかわからないですけど、また鼻歌を歌う気になれば書くかもしれないし、書かないかもしれないし。そんないろいろ計画を立てて、先のことを考えて生きてきたわけじゃないんですよ」

（会見は二〇一七年四月二十七日に東京・渋谷区内のホテルで行われました）

春の叙勲と日常生活についての対談

佐藤愛子×冨士眞奈美「何てめでたい　ひとりの日々」

おふたりのつきあいはもう数十年に及ぶ。若い頃から佐藤作品の大ファンだった冨士さんが、佐藤さんの親友で作家の川上宗薫さんにその思いを告げたことをきっかけに、佐藤さんと知己に。約五年ぶりの再会となった今回の対談は、佐藤さんの自宅で行われた。

「グチャグチャ飯」に何度も泣いた

冨士　これまでにご自宅には二度、伺っています。まだ愛犬のハナちゃんが生きていて、〝入れて、入れて〟って網戸をガリガリかじるんですよ。先生は結構、冷たくしてらっしゃるのに（笑い）、ずっと先生を見ているので、ハナちゃんはよほど先生が好きなんだなと思いました。

だから、『九十歳。何がめでたい』で、ハナちゃんが死んだ後、先生が霊

能者のかたから「ハナちゃんがグチャグチャしたご飯をもう一度食べたいって言ってます」と聞いて、どっと涙が溢れたというところを読んだら……。私、三回読んで三回とも泣いて、もう泣かないと思っても、またここに来る前に「グチャグチャ飯」のところを読んだら泣けちゃったんですよ。

佐藤　あの犬は人が好きで、お客さんが見えると、必ずそばまで来るんですよ。

冨士　いつも庭に穴を掘るって、怒られていて（笑い）。いかにも野育ちって感じでかわいいんですよね。

佐藤　死んで一年になりますが、しばらくは、霊能者の人が「ハナちゃん、そこにいる」と言ってましたね。

冨士　えーーっ！　ハナちゃん、いくつで亡くなりました？

佐藤　捨て犬だから、いつ生まれたかわからないけど、うちへ来て十五年ぐらいですね。

冨士　犬としてはものすごい長生きですね。うちの犬も十五歳で死んで、お医者さんには「もう泣かないで、喜んであげなさい」って、長生きのことをうんと褒められたんですよ。

佐藤　その前の犬たちは十九年と二十年、いましたからね。ほったらかすと長生きするんですよ。「グチャグチャ飯」だって、いわゆる愛犬家が読んだら憤慨する文章ですよ（笑い）。

冨士　私はみんなに読ませたくて、近くの喫茶店にも、お医者さんの診療室にも本を置いてきましたよ。

『徹子の部屋』でも話しましたけど、九十歳で亡くなった母が、あそこが痛い、めがねの度数が合わない、って言うのをちゃんと聞いていなかったんです。先生のご本を読んで、「こういうことか」とわかりましたね。

佐藤　齢を取ってみないとわからないことが、いっぱいありますからね。

冨士　申し訳ないことをしたと思って。娘（岩崎リズさん）にも言い聞かせるんだけど、右から左で、何にも聞いてくれないの。

佐藤　こういうのは順番だから、それでいいのよ。

冨士　先生が順番だ、っておっしゃると納得もいくんですけど。でも今日は、先生にお目にかかるのに元気を出そうと思って「レッドブル」を飲んできたんですよ。

佐藤　だっていつも元気じゃないの。

冨士　全然元気じゃないんですってば。私、杖をついてるんですよ。

佐藤　あら、足を痛めたの？

冨士　去年、足首を少し痛めて。二十年ぐらい前に折ったんですけど、ずっと具合が悪いんですね。梅雨時とか雨が降ったりすると痛むんです。

佐藤　骨折した時の治し方が、完全じゃなかったのかしら。

冨士　そうかもしれません。車いすのまま舞台をやりましたから。

佐藤　俳優は大変ですね。勝手に休むわけにいかないものね。その点、作家は仮病も使えるから（笑い）。

冨士　そんなまた（笑い）。先生には本当に感心しちゃうの。いつもきれいにお着物を着ていらして。

佐藤　何、言ってるの。それは写真を撮られるから、しょうがないから着ているだけの話で……。

皇居内を留め袖を着て走った！

佐藤さんは二〇一七年、春の叙勲で「旭日小綬章」を受章した。対談の日、五月十二日の伝達式の際に皇居で撮影された記念写真が手許に届いた。佐藤さんが美しい着物を着て、左端に小さく写っている写真を見ながら二人の対談が進んだ。

佐藤　天皇陛下への拝謁の時、係の人は九十三歳という私の齢を聞いて、

「佐藤さんだけここに座ってください」って、他の人はみんな立ったままなのに、違うところに連れて行かれたの。その人は、この後どこへ行くのか、きっと説明したんだろうけど、私は耳が遠いから聞こえなくて、そのうちにどこかで聞いた声がするな、と思ったら、いつの間にやら天皇陛下が目の前に……。

冨士　もうお式が始まっちゃってたんですね！

佐藤　私は隅っこに追いやられたままで（笑い）。その後も、どこへ行けばいいのか、一緒に行った孫に聞きに行かせたんだけど、その役人にもわからなくて。とりあえず廊下の椅子に座って待ってたんだけど、いつまでたっても忘れられているのよ。

もう一回、聞いてらっしゃいって孫をやったら、集合写真を撮っているところで、「大変だ、早く行ってもらわないと困ります」って役人が怒るんです。それで走ったのよ。

冨士　走ったんですか!?　まさかお着物で？

佐藤　留め袖を着て、九十三歳でよれよれだから、特別に椅子に座らされていたのに。慌てて部屋に入ると、ひとつだけ椅子が空いてたの。そこを目がけて走り込んだ途端に、カメラマンがシャッターを切ったんです。いやあ、もう、こりごりですよ、あんなところ（笑い）。

冨士　まぁ！　本当にお元気。

佐藤　ああいう時には、火事場の馬鹿力っていうのがあるでしょう。それが出るんですよ。

冨士　先生はほんとに奇跡だと思う。いいなと思うのは、上の階に娘さん夫婦とお孫さんがいらして、それでいてご自分のペースもしっかり守っていらっしゃるところ。

佐藤　そんなにしっかり守ってないですよ。冨士さんだってお嬢さんと一緒でしょ？

冨士　近くに住んでるんですけど、しょっちゅう叱られてます。物忘れをしたり、聞こえなかったり……。仕事をしてるので、つい約束を忘れることもあるんですが、それがイライラするみたいで。

佐藤　それは忘れますよ。

冨士　友人の吉行和子は、お母さんもお兄さんも妹さんも亡くなっているので、私が「また娘に叱られて」って言うと、「いいじゃない、怒ってくれる人がいるだけ」って言うんですけど。

佐藤　それはそうですね。

悪い人なんて、来たってどうってことない

冨士　それから、二、三年前には左の耳が突発性難聴になって聞こえなくなって。不便といえば不便です。

佐藤　右耳は聞こえるの？

冨士　右耳は何ともないんです。

佐藤　じゃあ、テレビを見ていて、みんながわーっと笑うと、なんで笑ってるかはわかるわけでしょう。

冨士　そのぐらいはわかりますよ。

佐藤　私なんか、なんで笑ってるのかわからないのよ。あなたのような女優さんは、口跡がいいからこうしてスムーズに話ができるの。若い女の子なんか、さらさら、さらさら、川のせせらぎにしか聞こえない。男の人も、この頃の若い人は声が小さくなりましたね。

冨士　ほんとにささやいてるみたい。

佐藤　あれは何なんだろう。自信がないのかな。

冨士　エネルギーがないのかな。「はあ?」って、もっと大きな声で話してって言うんですけど。

佐藤　何かしら弱ってる。で、年寄りになると声が大きいのよ(笑い)。

冨士　聞こえないから。それでまたうるさいって叱られるんだわ。先生は娘さんに叱られることあります?

佐藤　「この前、言ってたじゃないの」みたいなのは、叱られるうちに入るのかしら?

冨士　それは入りませんよ（笑い）。こないだ、娘に俳句で言い返してやったんです。「刺すように　もの言う娘　鳳仙花」。それを聞いてニヤッとしても、優しくはならない。

佐藤　じゃあ、冨士さんは我慢するタイプですか？

冨士　結構、そうですね。時々、溜めて溜めて、溜め込んで爆発すると、娘は五、六歩後ずさりする（笑い）。

佐藤　そんなふうに見えないのにね。私も〝怒りの佐藤〟なんて言われるけど、昔に比べると怒らないですよ。

冨士　でも、先生は書いていらっしゃるから、筆先から怒りが出ていっちゃうからいいんですよ。

佐藤　そうね、発散してるわね。

冨士　私の場合、面倒くさいの。これを言ったら、こう返ってくるのが。癌《がん》で死んだ私の長姉の最期の言葉が「面倒くさい」でした。

佐藤　ああ、それはわかるわね。今、どこも悪くなくても、そう思うことがあるもの。私はもうご飯を食べるのも面倒くさいの。

冨士　私、ご飯だけは面倒くさくない……大好き。一日一回はスーパーやコンビニに行きます。

佐藤　それはいいわね。活力がある。

冨士　そういえば今日、先生のお宅の玄関に立ってびっくりしました。「佐藤愛子」ってものすごく大きい表札、「いいのかしら」と思って。

佐藤　私だってあんなに大きくしたくなかったんだけど、家を建てた人が勝手にあの大きさにしちゃったのよ。亡くなった上坂冬子には、女の一人暮しなら、もうちょっとひっそり、「佐藤寓《ぐう》」とかするものじゃないか、ってさんざん言われました。でも大きい方が、訪ねてくる人にはすぐわかるからいいじゃない。

冨士　でも悪い人も呼びません？

佐藤　悪い人なんて、来たってどうってことない（笑い）。

冨士　私、先生から初めておはがきいただいた時、お名前があんまり大きいので大笑いしちゃったの。「佐藤愛子、どうだ」みたいな（笑い）。自分も真似してるの。だって、気持ちがいいんですもの。先生は、こちらへいらしてもう六十年ですか。

佐藤　今の家に建て替えて二十年ぐらいになるかな。

冨士　気持ちいいですね。お庭に木がいっぱいあるのがほんとうにいい。

佐藤　夏向きの家です。冬は寒いのよ。冨士さんは、お掃除は自分でなさるの？

冨士　お掃除はしません。十日にいっぺんぐらい、ご近所の奥さんに掃除機をかけに来てもらうんです。

佐藤　私も掃除機は嫌い。あんな不愉快なものはないわね。重いし。箒がいいですよ。

冨士　私も、お手洗いや風呂場とか、人に見せたら恥ずかしいところは自分でやりますけど、掃除機は人にお願いしています。というのも、私の家は小さいんですが三階まであって。階段から落っこちちゃいますから。

佐藤　じゃあ、階段を上がるのは大変でしょう。

冨士　リハビリだと思って、よろよろしながら一歩ずつ上がってます。

佐藤　それはすごい。じゃあ、鍛えてるわけね。

冨士　こんなきれいなお宅じゃないですから。各階、雨漏りで（笑い）。ところで先生、少しお痩せになりました？

佐藤　そうね。歯を抜いたりして。

冨士　大変でしたね。

佐藤　齢を取ってから歯を抜くと全身にダメージが来るからって、内科の先生は大反対したんだけど、どうにもならなくなって、出血がひどかろうというので入院して抜いたの。

冨士　痛かったでしょう。

佐藤　それが全然痛くなかったの。看護師さんが、出血にそなえてティッシュ一箱用意してください、って言うから覚悟してたんだけど、一滴も出なかったんですよ。

冨士　何なんでしょう、それ。
佐藤　だから、もう血も涙もなくなっちゃったのよ。九十歳も過ぎると。
冨士　ちゃんと治ったんですか。
佐藤　治ったけど、今は仮歯できちんとした歯はまだ入っていないの。
冨士　でも、とてもお元気そうです。
佐藤　人が来ると元気になるもので。
　冨士さんは、吉行さんとはしょっちゅう会ってらっしゃるの？
冨士　月に一、二回です。電話もそれぐらい。あの人はB型でせっかちだから。先生は何型ですか。
佐藤　血液型？　A型。ありふれてるのよ。
冨士　B型かと思った。
佐藤　どうして？　B型というのはどんなの？
冨士　なんでも即決。一度、吉行和子と一緒にデパートに買い物に行ったら、二度と一緒に行ってくれなくなっちゃった。私が悩んで、あれだこれだって出してくると、冷たい目をして、「どうせ入らないのに」なんて言って。自分のものは、これってすぐに決めて買って終わり。

佐藤　じゃあ、私と同じだ（笑い）。

私、せっかちだから

冨士　私は先生と同じでA型なんですけど、家族は全部AB型なの。

家族といえば、先生、この本が面白かったんです。森まゆみさんの『子規の音』。お父様の佐藤紅緑さんのことがいっぱい出てきます。正岡子規にとても褒められていて。松山に戻った高浜虚子に、わざわざはがきを書いて紅緑を褒めている。読んだ虚子はカチンときただろう、っていうぐらい紅緑さんを気に入ってってね。

佐藤　へえ、そう？　いつも叱られていた、という話しか知らなかった。

冨士　もしよろしかったらお読みください。

佐藤　子規の俳句がお好き？

冨士　好きですね。好きじゃないものもありますけど、生き方がすごい人です。三十四歳で亡くなってしまうんですが、その間の自分のことを『病牀《びょうしょう》六尺』などに書いて。俳句が好きで、短歌が好きで、本当に書くことが好きで。

佐藤　父は、よく子規の話をしてましたよ。日本新聞社で机が隣同士になったの。俳句を作れって。一日五十句作らなきゃいかん、と言って無理やり作らされた。それが俳句を作るようになった始まりです。すごく強引な人らしいんですよ。

冨士　子規の周りには、高浜虚子や河東碧梧桐《へきごとう》、内藤鳴雪、夏目漱石なんかもいるんですよね。

佐藤　漱石の俳句は私も好き。子規はユーモア感覚のある人で、父の俳句には割と諧謔が多いので面白いって褒められたみたいですけどね。

不良少年で親不孝の限りを尽くした二番目の兄は、父が少し老耄《ろうもう》した時、さすがに心が痛んだらしく、親父を励まそうと句会を始めたんです。「紅緑会」といって、兄の友達が五、六人集まり父に添削してもらう。十代の私も無理やり入れられて、二年ぐらいやりました。

冨士　時々、エッセイの終わりに俳句を載せてらっしゃいましたね。

と、ここで佐藤さんの座るソファの後ろにあった電話が鳴った。佐藤さんがササッと立ち上がり、電話にしばらく応答。佐藤さんの素早い姿に驚いた冨士さんのこんな言葉で対談が再開した――

冨士　なんだか、映画の『アンタッチャブル』に出てきそうなクラシックな電話ですね。先生、いつもご自分で電話にお出になるんですか？

佐藤　そうですよ。

冨士　へえーーっ！　私はさっき、先生がご自分で玄関まで出てらしたのさえ、びっくりしたのに（笑い）。ほんとにお若いですね。

佐藤　なんで？　車いすだと思ったの？　私、せっかちだから。お手伝いさんがいても、お風呂場を掃除してる時なんか、すぐに出られないでしょう。どうせ私に回ってくるんだから、最初から出た方が早い。

冨士　でも、相手も「まさか」って。

佐藤　みんな驚くんですよ（笑い）。

冨士　そんな大家《たいか》の女性作家はいませんからね。

佐藤　それほど大した作家じゃないですよ。主婦のなれの果てが作家になっただけだから。

冨士　先生もそうですが、ひとりっていいですよね。セリフを覚えるのでも、叫ぼうとも何をしようとも誰にも叱られないし、誰にも何も言われないですから。

佐藤　冨士さんは、結婚は一回？

冨士　もちろんです。あんな野蛮なこと、一回で充分です。

佐藤　そうですか。それは失礼しました（笑い）。

冨士　四十半ばで離婚して、そのまんまなんです。男の人がいないと自由でいられるんですよ。心も何もかも全部自由。誰の顔色も見ないで、誰にも遠慮しないで。全部の時間が自分の時間だから、夜中の三時、四時にお風呂に入ろうと、誰にも何にも言われない。自由でシンプル。
佐藤　それは確かに、自由だわね。
冨士　食べるものだって、自分の好きなものだけ買ってきて食べればいいわけですし。つい食べすぎちゃって後悔しますけど（笑い）。
佐藤　何が体にいいとか、何を食べちゃいかんとかって、よく言うでしょう。でも、自分が食べたいと思うものはその時、体が欲してるんだから、食べればいいんですよ。
冨士　それ、信じます。でも、自分が作ったものはかわいいから、全部食べちゃうんです。それがいけないのよ。
佐藤　要するに、冨士さんは健康だから食べられるのよ。九十も過ぎたら一汁一菜で充分。やがて、食べられなくなりますからね（笑い）。

（「女性セブン」二〇一七年八月十日号）

解説『九十歳。何がめでたい』刊行に寄せて

瀬戸内寂聴

私が一九二二年生まれで、愛子さんが一九二三年生まれ。一年違いで、生きてきた時間がほとんど同じですから、感じ方も経験していることも、本当によく似ているんですよ。だから、『九十歳。何がめでたい』を読むと、もうゲラゲラ笑って、ああ、やっぱり愛子さんが一番わかっているなあと思いました。

彼女がしんどいと言っていること、社会に対して怒っていること、それから若い人たちがつまらない理屈を言ったり、苦情を言うことに腹が立っていること……この本に書いてあることで、意見が違うなんてところはどこもなかったです。病気で寝ていても、声が元気で「ああ、お元気じゃないですか」といわれて困っているのも一緒ですし、よく騙されたりするのも、男運が悪いのも一緒（笑い）。

ただ、私は出家しているので、愛子さんほど思った通りは書けない。本当は私もしょっちゅう怒っているんですが、もうちょっと穏やかに書く。でも、愛子さんは違います。例えば題をつけるにしても、「いちいちうるせえ」なんて、こんなことを我々の歳のおばあちゃんが思っていても言えませんが、愛子さんははっきり書く。だから私は、彼女の言葉にパチパチって手を叩くんです。彼女の表現にはユーモアがあって、笑わせますよね。私だったらこんなに笑わせられないんじゃないかなと思いますが、全二十九編、それぞれ必ず一回か二回は声をあげて思わず笑ってしまいました。

私たちの世代、つまり九十歳を越しますと、もう毎日、お友達が死ぬんです。それは本当に寂しいことでね。病気をしているそうだと聞いて、ちょっと電話でもかけようかなと思ったら、もう死んだっていう知らせが来る。でも、足腰がダメで、お見舞いに行ったりお通夜に行ったりすることもできない。愛子さんは九十になって老いを感じたと書いていますが、私は九十二になった時に老衰ということを感じました。他の人より何十年も遅いかもしれ

撮影／杉山桃子（孫）

ませんが、やっぱりそれは二人とも気が強いからでしょうね。

もうお互い病気って聞いても見舞ったりはできないでしょう。だから愛子さんが書いてくれるのが一番うれしい。本でも雑誌でも、彼女の名前が出ていたら必ず読みますから。そうしてああ、元気だ、元気だって思う。これが最後なんていわず、これからも彼女には書き続けてほしいです。

（「女性セブン」二〇一六年八月十八日・二十五日号）

本書のプロフィール

本書は、二〇一六年八月に小学館より単行本として刊行された作品に、単行本未収録のエッセイやインタビュー、対談などを加えて文庫化したものです。

小学館文庫

増補版《ぞうほばん》　九十歳《きゅうじゅっさい》。何《なに》がめでたい

著者　佐藤愛子《さとうあいこ》

二〇二一年八月十一日　初版第一刷発行
二〇二二年十二月二十日　第八刷発行

発行人　川島雅史
発行所　株式会社 小学館
〒一〇一-八〇〇一
東京都千代田区一ツ橋二-三-一
電話　編集〇三-三二三〇-五五八五
販売〇三-五二八一-三五五五
印刷所――――大日本印刷株式会社

この文庫の詳しい内容はインターネットで24時間ご覧になれます。
小学館公式ホームページ　https://www.shogakukan.co.jp

ISBN978-4-09-406766-8